A PROSE POETRY COLLECTION OF GIBRAN

纪伯伦散文诗选

［黎］卡里·纪伯伦◎著

冰　心◎译

中国宇航出版社

·北京·

图书在版编目（CIP）数据

纪伯伦散文诗选：汉、英 / (黎) 卡里・纪伯伦 (Kahlil Gibran) 著；冰心译. -- 北京：中国宇航出版社, 2018.10

书名原文: A Prose Poetry Collection of Gibran

ISBN 978-7-5159-1520-3

Ⅰ. ①纪… Ⅱ. ①卡… ②冰… Ⅲ. ①散文诗—诗集—黎巴嫩—现代 Ⅳ. ①I378.25

中国版本图书馆CIP数据核字（2018）第204580号

策划编辑　战　颖　李　莹　　装帧设计　李彦生
责任编辑　李　莹　　责任校对　刘　杰

出　版
发　行　中国宇航出版社

社　址　北京市阜成路8号　　邮　编　100830
(010)60286808　　(010)68768548

网　址　www.caphbook.com

经　销　新华书店

发行部　(010)60286888　　(010)68371900
(010)60286887　　(010)60286804（传真）

零售店　读者服务部
(010)68371105

承　印　北京中科印刷有限公司

版　次　2018年10月第1版　　2018年10月第1次印刷

规　格　880×1230　　开　本　1/32

印　张　4.75　　字　数　80千字

书　号　ISBN 978-7-5159-1520-3

定　价　34.80元

本书如有印装质量问题，可与发行部联系调换

译者序一

纪伯伦1883年生于黎巴嫩山。12岁时到过美国，两年后又回到东方，进了贝鲁特的阿希马大学。

1903年，他又到美国，住了5年，在波士顿的时候居多。此后他便到巴黎学绘画，同时漫游了欧洲，1912年回到纽约，在那里久住。

这时他用阿拉伯文写了许多的书，有些已译成欧洲各国的文字。以后又用英文写了几本，如《疯人》（*The Madman*，1918年）、《先驱者》（*The Forerunner*，1920年）、《先知》（*The Prophet*，1923年）、《人子的耶稣》（*Jesus the Son of Man*，1928年）等，都在纽约克那夫书店出版。

《先知》是他的最受欢迎的作品。

关于作者的生平，我所知道的，只是这些了。我又知道法国的雕刻名家罗丹称他为20世纪的布莱克；又知道他的作品曾译成18种文字，到处受到热烈的欢迎。

这本书,《先知》，是我在1927年冬月在美国朋友处读到的，那满含着东方气息的超妙的哲理和流丽的文词，予我以极深的印象！1928年春天，我曾请我的“习作”班同学分段移译。以后不知怎么，那译稿竟不曾收集起来。1930年3月，病榻无聊，又把它重看了一遍，觉得这本书实在有翻译的价值，于是我逐段翻译了。从那年4月18日起,逐日在天津《益世报》文学副刊发表。不幸那副刊不久就停止了，我的译述也没有继续下去。

今年夏日才一鼓作气地把它译完。我感到许多困难，哲理的散文本来难译，哲理的散文诗就更难译了。我自信我还尽力，不过书中还有许多词句，译定之后，我仍有无限的犹疑。这是我初次翻译的工作，我愿得到读者的纠正和指导。

冰心

1931年8月23日

译者序二：
我为什么翻译《先知》和《吉檀迦利》

我只懂一门外文——英文，还不精通。因此轻易不敢做翻译工作，尤其译诗。我虽然也译过一两本国王和总统的诗，那都是“上头”给我的任务，我只好努力而为。至于我自己喜爱，又极愿和读者共同享受，而翻译出来的书，只有两本，那就是《先知》和《吉檀迦利》！

1930 年母亲逝世之后，我病了一场，病榻无聊，把从前爱读的、黎巴嫩诗人纪伯伦写的散文诗《先知》重读一遍。纪伯伦从小饱经忧患，到处漂流，最后在美国定居。他用阿拉伯文写了许多作品，都已被译成 18 种文字。以后他又用英文写了许多作品，而这本《先知》是被世界的读者们称为他的代表作的。

我那时觉得有喷溢的欲望，愿意让不会读原文的读者，也能享受我读这本书时的欣悦、景仰和伤感。

《先知》的好处，是作者以纯洁美丽的诗的语言，说出了境界高超、眼光远大、既深奥又平凡的处世为人的道理。译来觉得又容易又顺利，又往往会不由自主地落下了眼泪。

1955 年，我又译了印度诗人泰戈尔的“献诗”——《吉檀迦利》。大异于纪伯伦的身世，泰戈尔是诞生于“歌鸟之巢”的“王子”，从他欢乐的心境中，他热爱了周围的一切。他用使人目眩心摇的绚烂美丽的诗的语言，来歌唱他所热爱的大自然和人类。为了要尽情传达出作者这“歌鸟”般的飞跃鸣啭的心情，译者在中国的诗歌词汇的丛林中，奔走了好长的道路！

我从来不敢重译，但是这两位诗人的这两本书，都是诗人自己用英文写的。我知道我的译文，只能汲取大海中的一滴，但只此一滴，我也愿贡献给不会读原文的读者们，来分享我译诗时的“辛苦”和享受。

冰心

1985 年 3 月 20 日

目录

Contents

沙与沫

先知

船的到来

当代的曙光，被选而被爱戴的亚墨斯达法，在阿法利斯城中等候了十二年，等他的船到来，好载他归回他生长的岛上去。

在第十二年绮露收获之月的第七天，他出城登上山顶，向海凝望；他看见了他的船在烟雾中驶来。

他的心门砉然地开了，他的喜乐在海面飞翔。他合上眼，在灵魂的严静中祷告。

但当他上山的时候，忽然一阵悲哀袭来。他心里想：

我怎能这般宁静地走去而没有些悲哀？不，我要带着精神上的创伤离此城郭。

在这城围里，我度过了悠久的痛苦的日月和孤寂的深夜；谁能撇下这痛苦与孤寂没有一些悼惜？

在这街市上我曾撒下过多的零碎的精神，在这山中也有过多的赤裸着行走的我所爱怜的孩子，离开他们，我不能不觉得负担与痛心。

这不是今日我脱弃了一件衣裳，乃是我用自己的手撕下了自己的一块皮肤。

也不是我遗弃了一种思想，乃是遗弃了一个用饥和渴做成的甜蜜的心。

然而我不能再迟留了。

那召唤万物来归的大海，也在召唤我，我必须登舟了。

因为，若是停留下来，我的归思，在夜间虽仍灼热奋发，渐渐地却要冰冷变石了。

我若能把这里的一切都带了去，何等的快乐呵，但是我又怎能呢？

声音不能把付给他翅翼的舌头和嘴唇带走。他自己必须寻求以太。

鹰鸟也必须撇下窝巢，独自地飞过太阳。

现在他走到山脚，又转面向海，他看见他的船徐徐地驶入湾口，那些在船头的舟子，正是他的故乡人。

于是他的精魂向着他们呼唤，说：

弄潮者，我的老母的孩儿，有多少次你们在我的梦中浮泛。现在你们在我的更深的梦中，也就是我苏醒的时候驶来了。

我已准备好要去了，我的热望和帆篷一同扯满，等着风来。

我只要在这静止的空气中再呼吸一口气，我只要再向后抛掷热爱的一瞥。

那时我要站在你们中间，一个航海者群中的航海者。

还有你，这无边的大海，无眠的慈母，

只有你是江河和溪水的宁静与自由。

这溪流还有一次转折，一次林中的潺湲，

然后我要到你这里来，无量的涓滴归向这无量的海洋。

当他行走的时候，他看见从远处有许多男女离开田园，急速地赶到城边来。

他听见他们叫着他的名字，在阡陌中彼此呼唤，报告他的船来临。

他对自己说：

别离的日子能成为聚会的日子吗？

我的薄暮实在可算是我的黎明吗？

那些放下了耕田的犁耙、停止了榨酒的轮子的人们，我将给他们什么呢？

我的心能成为一棵累累结实的树，可以采撷了分给他们吗？

我的愿望能奔流如泉水，可以倾满他们的杯吗？

我是一个全能者的手可能弹奏的琴，或是一管全能者可以吹弄的笛吗？

我是一个寂静的寻求者。在寂静中，我发现了什么宝藏，可以放心地布施呢？

倘若这是我收获的日子，那么，在何时何地我曾撒下了种子呢？

倘若这确是我举起明灯的时候，那么，灯内的火焰，不是我点上的。

我将空虚黑暗地举起我的灯，

守夜的人将要添上油，也点上火。

这些是他口中说出的，还有许多没有说出的存在心头。因为他说不出自己心中更深的秘密。

他进城的时候，众人都来迎接，齐声地向他呼唤。

城中的长老走上前来说：

你不要离开我们。

在我们的朦胧里，你是正午的潮者，你青春的气度，给我们以梦想。

你在我们中间不是一个异乡人，也不是一个客人，乃是我们的儿子和亲挚的爱者。

不要使我们的眼睛因渴望你的脸面而酸痛。

一班道人和女冠对他说：

不要让海波在这时把我们分开，使你在我们中间度过的岁月仅仅成为一种回忆。

你曾是一个在我们中间行走的神灵，你的影儿曾明光似的照亮我们的脸。

我们深深地爱了你。不过我们的爱没有声响，而又被轻纱蒙着。

但现在他要对你呼唤，要在你面前揭露。

除非临到了别离的时候，爱永远不会知道自己的深浅。

别的人也来向他恳求。

他没有答话。他只低着头；靠近他的人看见他的泪落在胸前。

他和众人慢慢地向殿前的广场走去。

有一个名叫爱尔美差的女子从圣殿里出来，她是一个预言者。

他以无限的温蔼注视着她，因为她是在他第一天进这城里的时候，最初寻找并相信他的人中之一。

她庆贺他，说：

上帝的先知，至高的探求者，你曾常向远处寻望你的航帆。

现在你的船儿来了，你必须归去。

你对于那回忆的故乡和你更大愿望的居所的渴念，是这样地深；我们的爱，不能把你系住；我们的需求，也不能把你羁留。

但在你别离以前，我们要请你对我们讲说真理。

我们要把这真理传给我们的孩子，他们也传给他们的孩子，如此绵绵不绝。

在你的孤独里，你曾警守我们的白日；在你的清醒里，你曾倾听我们睡梦中的哭泣与欢笑。

现在请把我们的“真我”披露给我们，告诉我们你所知道的关于生和死中间的一切。

他回答说：

阿法利斯的民众呵，除了那现时在你们灵魂里鼓荡的之外，我还能说什么呢？

爱

于是爱尔美差说：请给我们谈爱。

他举头望着民众，他们一时静默了。他用洪亮的声音说：

当爱向你们召唤的时候，跟随着他，

虽然他的路程艰险而陡峻。

当他的翅翼围卷你们的时候，屈服于他，

虽然那藏在羽翮中间的剑刃也许会伤毁你们。

当他对你们说话的时候，信从他，

虽然他的声音也许会把你们的梦魂击碎，如同北风吹荒了林园。

爱虽给你加冠，他也要将你钉在十字架上。他虽栽培你，他也刈剪你。

他虽升到你的最高处，抚惜你在日中颤动的枝叶，

他也要降到你的根下，摇动你紧握住泥土的根柢。

如同一捆稻粟，他把你束聚起来。

他舂打你使你赤裸。

他筛分你使你脱壳。

他磨碾你直至洁白。

他揉搓你直至柔韧。

然后他送你到他的圣火上去，使你成为上帝圣筵上的圣饼。

这些都是爱要给你们做的事情，使你知道自己心中的秘密，在这知识中你便成了“生命”心中的一屑。

假如你在你的疑惧中，只寻求爱的和平与逸乐，

那不如掩盖你的裸露，而躲过爱的筛打，

而走入那没有季候的世界，在那里你将欢笑，却不是尽量的笑悦；你将哭泣，却没有流干了眼泪。

爱除自身外无施与，除自身外无接受。

爱不占有，也不被占有。

因为爱在爱中满足了。

当你爱的时候，你不要说“上帝在我的心中”，却要说“我在上帝的心里。”

不要想你能导引爱的路程，因为若是他觉得你配，他就导引你。

爱没有别的愿望，只要成全自己。

但若是你爱，而且需求愿望，就让以下的做你的愿望罢：

溶化了你自己，像溪流般对清夜吟唱着歌曲。

要知道过度温存的痛苦。

让你对爱的了解毁伤了你自己。

而且甘愿地喜乐地流血。

清晨醒起，以喜的心来致谢这爱的又一日；

日中静息，默念爱的浓欢；

晚潮退时，感谢地回家；

然后在睡时祈祷，因为有被爱者在你的心中，有赞美之歌在你的唇上。

婚姻

爱尔美差又说：夫子，婚姻怎样讲呢？

他回答说：

你们一块儿出世，也要永远合一。

在死的白翼隔绝你们的岁月的时候，他们也要合一。

噫，连在静默地忆想上帝之时，你们也要合一。

不过在你们合一之中，要有间隙。

让天风在你们中间舞荡。

彼此相爱，但不要做成爱的系链：

只让他在你们灵魂的沙岸中间，做一个流动的海。

彼此斟满了杯，却不要在同一杯中啜饮。

彼此递赠着面包，却不要在同一块上取食。

快乐地在一处舞唱，却仍让彼此静独，

连琴上的那些弦子也是单独的，虽然他们在同一的音调中颤动。

彼此赠献你们的心，却不要互相保留。

因为只有“生命”的手，才能把持你们的心。

要站在一处，却不要太密迩：

因为殿里的柱子，也是分立在两旁，

橡树和松柏，也不在彼此的荫中生长。

孩子

于是一个怀中抱着孩子的妇人说：请给我们谈孩子。

他说：

你们的孩子，都不是你们的孩子。

乃是“生命”为自己所渴望的儿女。

他们是凭借你们而来，却不是从你们而来，

他们虽和你们同在，却不属于你们。

你们可以给他们以爱，却不可给他们以思想。

因为他们有自己的思想。

你们可以荫庇他们的身体，却不能荫庇他们的灵魂。

因为他们的灵魂，是住在“明日”的宅中，那是你们在梦中也不能想见的。

你们可以努力去模仿他们，却不能使他们来像你们。

因为生命是不倒行的，也不与昨日一同停留。

你们是弓，你们的孩子是从弦上发出的生命的箭矢。

那射者在无穷之中看定了目标，也用神力将你们引满，使他的箭矢迅速而遥远地射了出去。

让你们在射者手中的“弯曲”成为喜乐吧；

因为他爱那飞出的箭，也爱了那静止的弓。

施与

于是一个富人说：请给我们谈施与。

他回答说：

你把你的产业给人，那只算给了一点。

当你以身布施的时候，那才是真正的施与。

因为你的财产，岂不是你保留着的恐怕“明日”或许需要它们的东西吗？

但是“明日”，那只过虑的犬，随着香客上圣城去，却把骨头埋在无痕迹的沙土里，“明日”能把什么给他呢？

除了需要的本身之外，需要还忧惧什么呢？

当你在井泉充溢的时候愁渴，那你的渴不是更难解吗？

有人有许多财产，却只把一小部分给人——他们为求名而施与，那潜藏的欲念，使他们的礼物不完美。

有人只有一点财产，却全部都给人。

这些人相信生命和生命的丰富，他们的宝柜总不空虚。

有人喜乐地施与，那喜乐就是他们的酬报。

有人痛苦地施与，那痛苦就是他们的洗礼。

也有人施与了，而不觉出施与的痛苦，也不寻求快乐，也不有心为善；

他们的施与，如同那边山谷里的桂花，香气在空际浮动。

从这些人的手中，上帝在说话，在他们的眼后，上帝在俯对大地微笑。

困着请求而施与的，固然是好，而未受请求，只因着默喻而施与的，是更好了；

对于乐善好施的人，去寻求需要他帮助的人的快乐，比施与的快乐还大。

有什么东西你必须保留的呢？

必有一天，你的一切都要交付出来；

趁现在施与吧，这施与的时机是你自己的，而不是你的后人的。

你常说：“我要施与，却只要舍给那些配受施与者。”

你果园里的树木，和牧场上的羊群，却不这样说。

他们为要生存而施与，因为保留就是毁灭。

凡是配接受白日和黑夜的人们，都配接受你施与的一切。

凡配在生命的海洋里啜饮的，都配在你的小泉里舀满他的杯。

还有什么德行比接受的勇气、信心和善意还大呢？

有谁能使人把他们的心怀敞露，把他们的狷傲揭开，使你能看出他们赤裸的价值和无惭的骄傲？

先省察你自己是否配做一个施与者，是否配做一个施与的器皿。

因为实在说，那只是生命给予生命——你以为自己是施主，其实也不过是一个证人。

你们这些接受者——你们都是接受者——不要负起报恩的重担，恐怕你要把轭加在你自己和施者的身上。

不如和施者在礼物上一齐展翅飞腾；

因为过于思量你们的欠负，就是怀疑了那以慈悲的大地为母、以上帝为父的人的仁心。

饮食

一个开饭店的老人说：请给我们谈饮食。

他说：

我恨不得你们能依靠大地的香气而生存，如同那空气植物受着阳光的供养。

既然你们必须杀生为食，而且从新生的动物口中夺他的母乳来止渴，那就让它成为一个敬神的礼节吧。

让你的肴馔摆在祭坛上，那是丛林中和原野上的纯洁清白的物品，为更纯洁清白的人们而牺牲的。

当你杀生的时候，心里对他说：

“在宰杀你的权力之下，我同样地也被宰杀，我也要同样地被吞食。那把你送到我手里的法律，也要把我送到那更伟大者的手里。

“你和我的血都不过是浇灌天树的一种液汁。”

当你咬嚼着苹果的时候，心里对它说：

“你的子核要在我身中生长，

“你来世的嫩芽要在我心中萌茁，

“你的芬香要成为我的气息，

“我们要终年地喜乐。”

在秋天，你在果园里摘葡萄榨酒的时候，心里说：

“我也是一座葡萄园，我的果实也要摘下榨酒，”

“和新酒一般，我也要被收存在永生的杯里。”

在冬日，当你斟酒的时候，你的心要对每一杯酒歌唱；

让那歌曲成为一首纪念秋天和葡萄园以及榨酒之歌。

工作

于是一个农夫说：请给我们谈工作。

他回答说：

你工作为的是要与大地和大地的精神一同前进。

因为惰逸使你成为一个时代的生客，一个生命大队中的落伍者，这大队是庄严的，高傲而服从的，向着无穷前进。

在你工作的时候，你是一管笛，从你心中吹出时光的微语，变成音乐。

你们谁肯做一根芦管，在万物合唱的时候，你独痴呆无声呢？

你们常听人说，工作是祸殃，劳动是不幸。

我却对你们说，你们工作的时候，你们完成了大地深远的梦之一部，他指示你那梦是从何时开头的。

而在你劳动不息的时候，你确实爱了生命。

在工作里爱了生命，就是通彻了生命最深的秘密。

倘然在你的辛苦里，将有身之苦恼和养身之诅咒，写上你的眉间，则我将回答你，只有你眉间的汗，能洗去这些字句。

你们也听见人说，生命是黑暗的。在你疲劳之中，你附和了那疲劳的人所说的话。

我说生命的确是黑暗的，除非是有了激励；

一切的激励都是盲目的，除非是有了知识；

一切的知识都是徒然的，除非是有了工作；

一切的工作都是空虚的，除非是有了爱。

当你仁爱地工作的时候，你便与自己、与人类、与上帝联系为一。

怎样才是仁爱地工作呢？

从你的心中抽丝织成布帛，仿佛你的爱者要来穿此衣裳。

热情地盖造房屋，仿佛你的爱者要住在其中。

温存地播种，欢乐地收刈，仿佛你的爱者要来吃这产物。

这就是用你自己灵魂的气息，来充满你所制造的一切。

要知道一切受福的古人，都在你上头看视着。

我常听见你们仿佛在梦中说：“那在蜡石上表现出他自己灵魂的形象的人，是比耕地的人高贵多了。”

“那捉住虹霓，传神地画在布帛上的人，是比织履的人强多了。”

我却要说，不在梦中，而在正午清醒的时候，风对大橡树说话的声音，并不比对纤小的草叶所说的更甜柔；

只有那用他的爱心，把风声变成甜柔的歌曲的人，是伟大的。

工作是眼能看见的爱。

倘若你不是欢乐地却厌恶地工作，那还不如撇下工作，坐在大殿的门边，去乞求那些欢乐地工作的人的周济。

倘若你无精打采地烤着面包，你烤成的面包是苦的，只能救半个人的饥饿。

你若是怨重地压榨着葡萄酒，你的怨望，在酒里滴下了毒液。

倘若你能像天使一般地唱，却不爱唱，那你就把人们能听到白天和黑夜的声音的耳朵都塞住了。

哀乐

于是一个妇人说：请给我们讲欢乐与悲哀。

他回答说：

你的欢乐，就是你的去了面具的悲哀。

连你那涌溢欢乐的井泉，也常是充满了你的眼泪。

不然又怎样呢？

悲哀的创痕在你身上刻得越深，你越能容受更多的欢乐。

你的盛酒的杯，不就是那曾在陶工的窑中燃烧的坯子吗？

那感悦你的心神的笛子，不就是曾受尖刀挖刻的木管吗？

当你欢乐的时候，深深地内顾你的心中，你就知道只不过是曾使你悲哀的，又在使你欢乐。

当你悲哀的时候，再内顾你的心中，你就看出实在是那曾使你喜悦的，又在使你哭泣。

你们有些人说：“欢乐大于悲哀。”也有人说：“不，悲哀是更大的。”

我却要对你们说，它们是不能分开的。

它们一同来到，当这一个和你同席的时候，要记住那一个正在你床上酣眠。

真的，你是天平般悬在悲哀与欢乐之间。

只有在盘空的时候，你才能静止，持平。

当守库者把你提起来称他的金银的时候，你的哀乐就必须升降了。

居室

于是一个泥水匠走上前来说：请给我们谈居室。

他回答说：

当你在城里盖一所房子之前，先在野外用你的想象盖一座凉亭。

因为你黄昏时有家可归，而你那更迷茫、更孤寂的漂泊的精魂，也有个归宿。

你的房屋是你的较大的躯壳。

他在阳光中发育，在夜的寂静中睡眠；而且不能无梦。你的房屋不做梦吗？不梦见离开城市，登山入林吗？

我愿能把你们的房子聚握在手里，撒种似的把他们洒落在丛林中与绿野上。

愿山谷成为你们的街市，绿径成为你们的里巷，使你们在葡萄园中相寻相访的时候，衣袂上带着大地的芬芳。

但这个还一时做不到。

在你们祖宗的忧惧里，他们把你们聚集得太近了。这忧惧还要稍微延长。你们的城墙，也仍要把你们的家庭和你们的田地分开的。

告诉我罢，阿法利斯的民众呵，你们的房子里有什么？你们锁门是为守护什么呢？

你们有“和平”，不就是那呈露你魄力的宁静和鼓励吗？

你们有“回忆”，不就是那连跨你心峰的灿烂的弓桥吗？

你们有“美”，不就是那把你的心从木石建筑上引到圣山的吗？

告诉我，你们的房屋里有这些东西吗？

或者你只有“舒适”和“舒适的欲念”，那诡秘的东西，以客人的身份混了进来渐作家人，终作主翁的吗？

噫，他变成一个驯兽的人，用钩镰和鞭笞，使你较伟大的愿望变成傀儡。

他的手虽柔软如丝，他的心却是铁打的。

他催眠你，只须站在你的床侧，讥笑你肉体的尊严。

他戏弄你健全的感官，把它们塞放在蓟绒里，如同脆薄的杯盘。

真的，舒适之欲，杀害了你灵性的热情，又哂笑地在你的殡仪队中徐步。

但是你们这些“太空”的儿女，你们在静中不息，你们不应当被网罗，被驯养。

你们的房子不应当做个锚，却应当做个桅。

它不应当做一片遮掩伤痕的闪亮的薄皮，却应当做那保护眼睛的睫毛。

你不应当为穿门走户而敛翅，也不应当为恐触到屋顶而低头，也不应当为怕墙壁崩裂而停止呼吸。

你不应当住在那死人替活人筑造的坟墓里。

无论你的房屋是如何的壮丽与辉煌，也不应当使它隐住你的秘密，遮住你的愿望。

因为你里面的“无穷性”，是住在天宫里，那天宫是以晓烟为门户，以夜的静寂与歌曲为窗牖的。

衣服

于是一个织工说：请给我们谈衣服。

他回答说：

你们的衣服掩盖了许多的美，却遮不住丑恶。

你们虽可在衣服里找到隐秘的自由，却也找到了橛饰与羁勒了。

我恨不得你们多用皮肤而少用衣服去迎接太阳和风。

因为生命的气息是在阳光中，生命的把握是在风里。

你们中有人说：“那纺织衣服给我们穿的是北风。”

我也说：对的，是北风，

但他的机杼是可羞的，那使筋肌软弱的是他的线缕。

当他的工作完毕时，他在林中喧笑。

不要忘却，“羞怯”只是遮挡“不洁”的眼目的盾牌。

在“不洁”完全没有了的时候，“羞怯”不是仅仅是心上的桎梏与束缚吗？

也别忘了大地是欢喜和你的赤脚接触，风是希望和你的头发相戏的。

买卖

于是一个商人说：请给我们谈买卖。

他回答说：

大地贡献果实给你们，如果你们只晓得怎样独取，你们就不应当领受了。

在交易着大地的礼物时，你们将感到丰裕而满足。

然而若不是用爱和公平来交易，则必有人流为饕餮，有人流为饿殍。

当在市场上，你们这些海上、田中和葡萄园里的工人，遇见了织工、陶工和采集香料的——

就当祈求大地的主神，临到你们中间，来圣化天平，以及那较量价值的核算。

不要容许游手好闲的人来参加你们的买卖，他们会以言语来换取你们的劳力。

你们要对这种人说：

“同我们到田间，或者跟我们的兄弟到海上去撒网；”

“因为海与陆地，对你们也和对我们一样地恩惠。”

倘若那吹箫的和歌舞的人来了，你们也应当买他们的礼物。

因为他们也是果实和乳香的采集者，他们带来的物事，虽系梦幻，却是你们灵魂上的衣食。

在你们离开市场以前，要看着没有人空手回去。

因为大地的主神，不到你们每人的需要全都满足了以后，他不能在风中宁静地睡眠。

罪与罚

于是本城的法官中，有一个走上前来说：请给我们谈罪与罚。

他回答说：

当你的灵性随风飘荡的时候，

你孤零而失慎地对别人也就是对自己犯了过错。

为着所犯的过错，你必须去叩那受福者之门，要被怠慢地等待片刻。

你们的“神性”像海洋；

他永远纯洁不染，

又像以太，他只帮助有翼者上升。

他们的“神性”也像太阳；

他不知道田鼠的径路，也不寻找蛇虺的洞穴。

但是你们的“神性”，不是独居在你们里面。

在你们里面，有些仍是“人性”，有些还不成

“人性”，

只是一个未成形的侏儒，睡梦中在烟雾里蹒跚，自求觉醒。

我现在所要说的，就是你们的“人性”。

因为那知道罪与罪的刑罚的，是他，而不是你的“神性”，也不是烟雾中的侏儒。

我常听见你们论议到一个犯了过失的人，仿佛他不是你们的同人，只像是个外人，是个你们的世界中的闯入者。

我却要说，连那圣洁和正直的，也不能高于你们每人心中的至善，

所以那奸邪的和懦弱的，也不能低于你们心中的极恶。

如同一片树叶，除非得到全树的默许，不能独自变黄，

所以那作恶者，若没有你们大家无形中的怂恿，也不会作恶。

如同一个队伍，你们一同向着你们的“神性”前进。

你们是道，也是行道的人。

当你们中间有人跌倒的时候，他是为了他后面的人而跌倒，是一块绊脚石的警告。

是的，他也为他前面的人而跌倒，因为他们的步履虽然又快又稳，却没有把那绊脚石挪开。

还有这个，虽然这些话会重压你的心：

被杀者对于自己的被杀不能不负咎，

被劫者对于自己的被劫不能不受责。

正直的人，对于恶人的行为，也不能算无辜。

清白的人，对于罪人的过犯，也不能算不染。

是的，罪犯往往是被害者的牺牲品，

刑徒更往往为那些无罪无过的人担负罪责。

你们不能把至公与不公，至善与不善分开；

因为他们一齐站在太阳面前，如同织在一起的黑线和白线，

黑线断了的时候，织工就要视察整块的布，也要察看那机杼。

你们中如有人要审判一个不忠诚的妻子，

让他也拿天平来称一称她丈夫的心，拿尺来量一量

他的灵魂。

让鞭挞“扰人者”的人，先察一察那“被扰者”的灵性。

你们如有人要以正义之名，砍伐一棵恶树，让他先察看树根；

他一定能看出那好的与坏的，能结实与不能结实的树根，

都在大地的沉默的心中，纠结在一处。

你们这些愿持公正的法官，

你们将怎样裁判那忠诚其外而盗窃其中的人？

你们又将怎样刑罚一个受戮肉体，而在他自己是心灵遭灭的人？

你们又将怎样控告那行为上刁猾、暴戾，

而事实上也是被威逼、被虐待的人呢？

你们又将怎样责罚那悔心已经大于过失的人？

忏悔不就是你们所喜欢奉行的法定的公道吗？

然而你们却不能将忏悔放在无辜者的身上，也不能将它从罪人心中取出。

不期然地它要在夜中呼唤，使人们醒起，反躬自省。

你们这些愿意了解公道的人，若不在大光明中视察一切的行为，你们怎能了解呢？

只在那时，你们才知道那直立与跌倒的，只是一个站在侏儒性的黑夜与神性的白日的黄昏中的人，

也要知道那大殿的角石，也不高于那最低的基石。

法律

于是一个律师说：但是，我们的法律怎么样呢，夫子？

他回答说：

你们喜欢立法，

却也更喜欢犯法。

如同那在海滨游戏的孩子，勤恳地建造了沙塔，然后又嬉笑地将它毁坏。

但是当你们建造沙塔的时候，海洋又送许多的沙土上来，

到你们毁坏那沙塔的时候，海洋又与你们一同哄笑。

真的，海洋常和天真的人一同哄笑。

可是对于那班不以生命为海洋，不以人造的法律为沙塔的人，又当如何？

对于那以生命为岩石，以法律为可以随意刻雕的凿

子的人，又当如何？

对于那憎恶跳舞者的跛人，又当如何？

对于那喜爱羁轭，却以小牛和林中的麋鹿为流离颠沛的人，又当如何？

对于自己不能蜕脱，却把一切蛇豸称为赤裸无耻的老蛇的人，又当如何？

对于那早赴婚筵，饱倦归来，却说“一切筵席都是违法，那些设筵的人都是犯法者”的人，又当如何？

对于这些人，除了说他们是站在日中以背向阳之外，我能说什么呢？

他们只看见自己的影子，他们的影子，就是他们的法律。

太阳对于他们，不只是一个射影者吗？

承认法律，不就是佝偻着在地上寻迹阴影吗？

你们只向着阳光行走的人，哪种地上的映影，能捉住你们呢？

你们这乘风遨游的人，哪种的风信旗能指示你们的路程呢？

如果你们不在任何人的囚室门前，敲碎你们的镣铐，那种人造的法律能束缚你们吗？

如果你们跳舞，却不撞击任何人的铁链，你们还怕什么法律呢？

如果你们撕脱你们的衣裳，却不丢弃在任何人的道上，有谁能把你带去受审呢？

阿法利斯的民众呵，你们纵能闷住鼓音，松了琴弦，但有谁能禁止云雀不高唱？

自由

于是一个辩士说：请给我们谈自由。

他回答说：

在城门边，在炉火光前，我曾看见你们俯伏敬拜自己的“自由”，

就像那些囚奴，在诛戮他们的暴君之前卑屈，颂赞。

噫，在庙宇的林中，在城堡的影里，我曾看见你们中之最自由者，把自由像枷铐似的戴上。

我心里忧伤；因为只有那求自由的愿望也成了羁饰，你们再不以自由为标竿、为成就的时候，你们才是自由了。

当你们的白日不是没有牵挂，你们的黑夜也不是没有愿望与忧愁的时候，你们才是自由了。

不如说是当那些事物包围住你的生命，而你却能赤裸地无牵挂地超腾的时候，你们才是自由了。

但若不是在你们了解的晓光中，折断了捆绑你们朝

气的锁链，你们怎能超脱你们的白日和黑夜呢？

实话说，你们所谓的自由，就是最坚牢的锁链，虽然那链环闪烁在日光中，炫耀了你们的眼目。

“自由”岂不是你们自身的碎片，你们愿意将它抛弃换得自由吗？

假如那是你们所要废除的一条不公平的法律，那法律却是你们用自己的手写在自己的额上的。

你们虽烧毁你们的律书，倾全海的水来冲洗你们法官的额，也不能把它抹掉。

假如那是个你们所要废黜的暴君，先看他的建立在你心中的宝座是否毁坏。

因为一个暴君怎能辖制自由和自尊的人呢？除非他们自己的自由是专制的，他们的自尊是可羞的。

假如那是一种你们所要抛掷的牵挂，那牵挂是你自取的，不是别人勉强给你的。

假如那是一种你们所要消灭的恐怖，那恐怖的座位是在你的心中，而不在你所恐怖的人的手里。

真的，一切在你里面运行的事物，愿望与恐怖，憎恶与爱怜，追求与退避，都是永恒地互抱着。

这些事物在你里面运行，如同光明与黑影成对地胶粘着。

当黑影消灭的时候，遗留的光明又变成另一种光明的黑影。

这样，当你们的自由脱去他的镣铐的时候，它本身又变成更大的自由的镣铐了。

理性与热情

于是那女冠又说：请给我们讲理性与热情。

他回答说：

他们的心灵常常是战场，在战场上，你们的“理性与判断”和你们的“热情与嗜欲”开战。

我恨不能在你们的心灵中做一个调停者，使我可以让你们心中的分子从竞争与衅隙变成合一与和鸣。

但除了你们自己也做个调停者，做个你们心中的各分子的爱者之外，我又能做什么呢？

你们的理性与热情，是你们航行的灵魂的舵与帆。

假如你们的帆或舵破坏了，你们只能泛荡、飘流，或在海中停住。

因为理性独自治理，是一个禁锢的权力，热情不小心的时候是一个自焚的火焰。

因此，让你们的心灵把理性升到热情的最高点，让它歌唱；

也让心灵用理性来引导你们的热情，让它在每日复活中生存，如同大鸾在它自己的灰烬上高翔。

我愿你们把判断和嗜欲，当作你们家中的两位佳客。

你们自然不能敬礼一客过于另一客；因为过分关心于任一客，必要失去两客的友爱与忠诚。

在万山中，当你坐在白杨的凉荫下，享受那远田与原野的宁静与和平——你应当让你的心在沉静中说："上帝安息在理性中。"

当飓暴卷来的时候，狂风震撼林木，雷电宣告穹苍的威严——你应当让你的心在敬畏中说："上帝运行在热情里。"

只因你们是上帝大气中之一息，是上帝丛林中之一叶，你们也要同他一起安息在理性中，运行在热情里。

苦痛

于是一个妇人说：请给我们谈苦痛。

他说：

你的苦痛是你那包裹知识的皮壳的破碎。

连果核也必须破碎，使果仁可以暴露在阳光中，所以你们也必须知道苦痛。

倘若你能使你的心时常赞叹日常生活的神妙，你的苦痛的神妙必不减于你的欢乐；

你要承受你心天的季候，如同你常常承受从田野上度过的四时。

你要静守，度过你心里凄凉的冬日。

许多的苦痛是你自择的。

那是你身中的医士，医治你病躯的苦药。

所以你要信托这医生，静默安宁地吃他的药：

因为他的手腕虽重而辣，却是有冥冥的温柔之手指导着，他带来的药杯，虽会焚灼你的嘴唇，那陶土却是陶工用他自己神圣的眼泪来润湿调抟而成的。

自知

于是一个男人说：请给我们讲自知。

他回答说：

在宁静中，你的心知道了白日和黑夜的奥秘。

但你的耳朵渴求听到你心的知识的声音。

你愿在意念中所了解的，能从语言中知道。

你愿能用手指去抚触你的赤裸的梦魂。

你要这样做是好的。

你的心灵隐秘的涌泉，必须升溢，吟唱着奔向大海；

你的无穷深处的宝藏，必须在你目前呈现。

但不要用秤来衡量你的未知的珍宝，

也不要用杖竿和响带去探测你的知识的浅深。

因为自我乃是一片无边无际的海。

不要说“我找到了真理”，只要说“我找到了一条真理”。

不要说“我找到了灵魂的道路”，只要说“我遇见了灵魂在我的道路上行走。”

因为灵魂在一切的道路上行走。

灵魂不只在一条道路上行走，也不是芦草似的生长。

灵魂如同一朵千瓣的莲花，自己开放着。

教授

于是一位教师说：请给我们讲教授。

他说：

除了那已经半睡着、躺卧在你知识的晓光里的东西之外，没有人能向你启示什么。

那在殿宇的阴影里，在弟子群中散步的教师，他不是在传授他的智慧，而是在传授他的忠信与仁慈。

假如他真是大智，他就不命令你进入他的智慧之堂，却要引导你到你自己心灵的门口。

天文家能给你讲述他对于太空的了解，他却不能把他的了解给你。

音乐家能给你唱出那充满太空的韵调，他却不能给你那聆受韵调的耳朵和应和韵调的声音。

精通数学的人能说出度量衡的方位，他却不能引导你到那方位上去。

因为一个人不能把他理想的翅翼借给别人。

正如上帝对于你们每个人的了解都是不相同的，所以你们对于上帝和大地的见解也应当是不相同的。

友谊

于是一个青年说：请给我们谈友谊。

他回答说：

你的朋友是你的有回答的需求。

他是你用爱播种、用感谢收获的田地。

他是你的饮食，也是你的火炉。

因为你饥渴地奔向他，你向他寻求平安。

当你的朋友向你倾吐胸臆的时候，你不要怕说出心中的“否”，也不要瞒住你心中的“可”。

当他静默的时候，你的心仍要倾听他的心；

因为在友谊里，不用言语，一切的思想，一切的愿望，一切的希冀，都在无声的欢乐中发生而共享了。

当你与朋友别离的时候，不要忧伤；

因为你感到他的最可爱之点，当他不在时愈见清晰，正如登山者从平原上望山峰，也加倍地分明。

愿除了寻求心灵的加深之外，友谊没有别的目的。

因为那只寻求着要泄露自身的神秘的爱，不算是爱，只算是一个撒下的网，只网住一些无益的东西。

让你的最美好的事物，都给你的朋友。

假如他必须知道你潮水的退落，也让他知道你潮水的高涨。

你找他只为消磨光阴的人，还能算是你的朋友吗？

你要在生长的时间中去找他。

因为他的时间是满足你的需要，不是填满你的空虚。

在友谊的温柔中，要有欢笑和共同的喜悦。

因为在那微末事物的甘露中，你的心能寻到他的清晓而焕发了精神。

谈话

于是一个学者说：请你讲讲谈话。

他回答说：

在你不安于你的思想的时候，你就说话；

在你不能再在你心的孤寂中生活的时候，你就要在你的唇上生活，而声音是一种消遣，一种娱乐。

在你许多的谈话里，思想半受残害。

思想是天空中的鸟，在语言的笼里，也许会展翅，却不会飞翔。

你们中间有许多人，因为怕静，就去找多言的人。

在独居的寂静里，会在他们眼中呈现出他们赤裸的自己，他们就想逃避。

也有些说话的人，并没有知识和考虑，却要启示一种他们自己所不明白的真理。

也有些人的心里隐存着真理，他们却不用言语来诉说。

在这些人的胸怀中，心灵居住在有韵调的寂静里。

当你在道旁或市场遇见你朋友的时候，让你的心灵，运用你的嘴唇，指引你的舌头。

让你声音里的声音，对他耳朵的耳朵说话；

因为他的灵魂要噙住你心中的真理。

如同酒光被忘却，酒杯也不存留，而酒味却永远被记念。

时光

于是一个天文家说：夫子，时光怎样讲呢？

他回答说：

你要测量那不可量、不能量的时间。

你要按照时辰与季候来调节你的举止，引导你的精神。

你要把时光当作一条溪水，你要坐在岸旁，看它流逝。

但那在你里面无时间性的“我”，却觉悟到生命的无穷。

也知道昨日只是今日的回忆，而明日只是今日的梦想。

那在你里面歌唱着、默想着的，仍住在那第一刻在太空散布群星的圈子里。

你们中间谁不感到他的爱的能力是无穷的呢？

又有谁不感到那爱虽是无穷，却是在他本身的中心绕行，不是从这爱的思念移到那爱的思念，也不是从这爱的行为移到那爱的行为吗？

而且时光岂不是也像爱，是不可分析，没有罅隙的吗？

但若是在你的意想里，你定要把时光分成季候，那就让每一季候围绕住其他的季候。

也让今日用回忆拥抱着过去，用希望拥抱着将来。

善恶

于是一位城中的长老说：请给我们谈善恶。

他回答说：

我能谈你们的善性，却不能谈你们的恶性。

因为，什么是“恶”，不只是“善”被他自身的饥渴所困苦吗？

的确，在“善”饥饿的时候，他肯向黑洞中觅食，渴的时候，他也肯喝死水。

当你与自己合一的时候便是“善”。

当你不与自己合一的时候，却也不是“恶”。

因为一个隔断的院宇，不是贼窝，只不过是个隔断的院宇。

一只船失了舵，许会在礁岛间无目的地飘荡而却不至于沉到海底。

当你努力要牺牲自己的时候便是“善”。

当你想法自利的时候，却也不是“恶”。

因为当你设法自利的时候，你不过是土里的树根，在大地的胸怀中啜吸。

果实自然不能对树根说：“你要像我，丰满成熟，永远贡献出你最丰满的一部分。”

因为，在果实，贡献是必需的，正如吸收是树根所必需的一样。

当你在言谈中完全清醒的时候，你是“善”的。

当你在睡梦中，舌头无意识地摆动的时候，却也不是“恶”。

连那失错的言语，有时也能激动柔弱的舌头。

当你坚勇地走向目标的时候，你是“善”的。

你颠顿而行，却也不是“恶”。

连那些跛者，也不倒行。

但你们这些勇健而迅速的人，要警醒，不要在跛者面前颠顿，还自以为仁慈。

在无数的事上，你是“善”的；在你不善的时候，你也不是“恶”。

你只是流连，荒亡。

可怜那麋鹿不能教给龟鳖快走。

在你冀求你的“大我”的时候，便隐存着你的善性：

这种冀求是你们每人心中都有的。

但是对于有的人，这种冀求是奔越归海的急湍，挟带着山野的神秘与林木的讴歌。

在其他的人，是在转弯曲折中迷途的缓流的溪水，在归海的路上滞留。

但是不要让那些冀求深的人，对冀求浅的人说：“你为什么这般迟钝？”

因为那真善的人，不问赤裸的人：“你的衣服在哪里？”也不问那无家的人：“你的房子怎样了？”

祈祷

于是一个女冠说：请给我们谈祈祷。

他回答说：

你们总在悲痛或需要的时候祈祷，我愿你们也在完满的欢乐中、在丰富的日子里祈祷。

因为祈祷不就是你们的自我在活的“以太”中的开展吗？

假若向太空倾吐出你们心中的黑夜是个安慰，那么倾吐出你们心中的晓光也是个喜乐。

假若在你的灵魂命令你祈祷的时候，你只会哭泣，她也要从你的哭泣中反复地鼓励你，直到你笑悦为止。

在你祈祷的时候，你超凡高举，在空中你遇到了那些和你在同一时辰祈祷的人，除了那些祈祷时辰之外，你不会遇到他们。

那么，让你那冥冥的殿宇的朝拜，只算个欢乐和甜柔的聚会罢。

因为假如你进入殿宇，除了请求之外，没有别的目的，你将不能接受。

假如你进入殿宇，只为要卑屈自己，你也并不被提高。

甚至于你进入殿宇，只为他人求福，你也不被嘉纳。

只要你进到了那冥冥的殿宇，那就够了。

我不能教给你们怎样用言语祈祷。

除了他通过你的嘴唇所说的他自己的言语之外，上帝不会垂听你的言语。

而且我也不能传授给你那大海、丛林和群山的祈祷。

但是你们生长在群山、丛林和大海之中的人，能在你们心中默会它们的祈祷。

假如你在夜的肃默中倾听，你会听见它们在严静中说：

“我们自己的‘高我’的上帝，你的意志就是我们的意志。”

“你的愿望就是我们的愿望。”

“你的神力将你赐给我们的黑夜转为白日。”

“我们不能向你求什么，因为在我们起念之前，你已知道了我们的需要：”

“你是我们的需要；在你把自己赐予我们的时候，你把一切都赐给我们了。”

逸乐

于是有个每年进城一次的隐士，走上前来说：给我们谈逸乐。

他回答说：

逸乐是一阕自由的歌，

却不是自由。

是你的愿望开出的花朵，

却不是结下的果实。

是从深处到高处的招呼，

却不是深，也不是高。

是关闭在笼中的翅翼，

却不是被围绕住的太空。

噫，实话说，逸乐只是一阕自由的歌。

我愿意你们全心全意地歌唱，我却不愿你们在歌唱中迷恋。

你们中间有些年轻的人，寻求逸乐，似乎这便是世上的一切。他们已被裁判、被谴责了。

我不要裁判、谴责他们，我要他们去寻求。

因为他们必会找到逸乐，但不止找到她一个人；

她有七个姊妹，最小的比逸乐还娇媚。

你们没听见过有人因为要挖掘树根却发现了宝藏吗？

你们中间有些老人，想起逸乐时总带些懊悔，如同想起醉中所犯的过失。

然而，懊悔只是心灵的蒙蔽，而不是心灵的惩罚。

你们想起逸乐时应当带着感谢，如同秋收对于夏季的感谢。

但是假如懊悔能予他们以安慰，就让他们得到安慰吧。

你们中间有的不是寻求的青年人，也不是追忆的老年人；

在他们的畏惧寻求与追忆之中，他们远离一切的逸乐，他们深恐疏远了或触犯了心灵。

然而，他们的放弃就是逸乐了。

这样，他们虽用震颤的手挖掘树根，他们也找到宝藏了。

告诉我，谁能触犯心灵呢？

夜莺能触犯静默吗，萤火能触犯星辰吗？

你们的火焰和烟气能使风感到负载吗？

你们认为心灵是一池止水，你能用竿子去搅拨它吗？

常常在你拒绝逸乐的时候，你只是把欲望收藏在你心身的隐处。

谁知道在今日似乎避免了的事情，到明日不会再浮现呢？

连你的身体都知道他的遗传和正当的需要而不肯被欺骗。

你的身体是你灵魂的琴，

无论他发出甜柔的音乐或嘈杂的声响，那都是你的。

现在你们在心中自问："我们如何辨别逸乐中的善与不善呢？"

到你的田野和花园里去，你就知道在花中采蜜是蜜蜂的娱乐；

但是，将蜜汁送给蜜蜂也是花的娱乐。

因为对于蜜蜂，花是它生命的泉源，

对于花，蜜蜂是它恋爱的使者，

对于蜂和花，两下里，娱乐的授受是一种需要与欢乐。

阿法利斯的民众呵，在娱乐中你们应当像花朵与蜜蜂。

美

于是一个诗人说：请给我们谈美。

他回答说：

你们到处追求美，除了她自己做了你的道路，引导着你之外，你如何能找到她呢？

除了她做了你的言语的编造者之外，你如何能谈论她呢？

冤抑的、受伤的人说："美是仁爱的，和柔的，"

"如同一位年轻的母亲，在她自己的光荣中半含着羞涩，在我们中间行走。"

热情的人说："不，美是一种全能的可畏的东西，"

"暴风似的，撼摇了上天下地。"

疲乏的、忧苦的人说："美是温柔的微语，在我们心灵中说话。

"她的声音传达到我们的寂静中，如同微晕的光，在阴影的恐惧中颤动。”

烦躁的人却说：“我们听见她在万山中叫号，”

“与她的呼声俱来的，有兽蹄之声，振翼之音，与狮子之吼。”

在夜里守城的人说：“美要与晓暾从东方一同升起。”

在日中的时候，工人和旅客说：“我们曾看见她凭倚在落日的窗户上俯视大地。”

在冬日，阻雪的人说：“她要和春天一同来临，跳跃于山峰之上。”

在夏日的炎热里，刈者说：“我们曾看见她和秋叶一同跳舞，我们也看见她的发中有一堆白雪。”

这些都是他们关于美的谈说。

实际上，你却不是谈她，只是谈着你那未曾满足的需要，

美不是一种需要，只是一种欢乐。

她不是干渴的口，也不是伸出的空虚的手，

却是发焰的心，陶醉的灵魂。

她不是那你能看到的形象，能听到的歌声，

却是你虽闭目时也能看见的形象，虽掩耳时也能听见的歌声。

她不是犁痕下树皮中的液汁，也不是在兽爪间垂死的禽鸟，

却是一座永远开花的花园，一群永远飞翔的天使。

阿法利斯的民众呵，在生命揭露圣洁的面容的时候的美，就是生命。

但你就是生命，你也是面纱。

美是永生揽镜自照。

但你就是永生，你也是镜子。

宗教

于是一个老道人说：请给我们谈宗教。

他说：

这一天中我曾谈过别的吗？

宗教岂不是一切的功德，一切的反省，

以及那不是功德，也不是反省，只是在凿石或织布时灵魂中永远涌溢的一种叹异、一阵惊讶吗？

谁能把他的信心和行为分开，把他的信仰和事业分开呢？

谁能把时间展现在面前，说“这时间是为上帝的，那时间是为我自己的；这时间是为我灵魂的，那时间是为我肉体的”呢？

你的一切光阴都是那在太空中鼓动的翅翼，从自我飞到自我。

那穿上“道德”，只如同穿上他的最美的衣服的人，还不如赤裸着，太阳和风不会把他的皮肤裂成洞孔。

把他的举止范定在伦理之内，是把善鸣之鸟囚在笼里。

最自由的歌声，不是从竹木弦线上发出的。

那以礼拜为窗户的人，开启而又关上，他还没有探访到他心灵之宫，那里的窗户是天天开启的。

你的日常生活，就是你的殿宇，你的宗教。

何时你进去，把你的一切都带了去。

带着犁耙和铁炉、木槌和琵琶，

这些你为着需要或怡情而制造的物件。

因为在梦幻中，你不能超升到比你的成就还高，也不至于坠落到比你的失败还低。

你也要把一切的人都带着：因为在钦慕上，你不能飞跃得比他们的希望还高，也不能卑屈得比他们的失望还低。

假如你要认识上帝，就不要做一个解谜的人。

不如举目四望，你将看见他同你的孩子们游戏。

也观望太空；你将看见他在云中行走，在电中伸臂，在雨中降临。

你将看见他在花中微笑，在树中举手挥动着。

死

于是爱尔美差开口了，说：现在我们愿意问死。

他说：

你愿知道死的奥秘。

但是除了在生命的心中寻求以外，你们怎能寻见呢？

那夜中张目的枭鸟，他的眼睛在白昼是盲瞎的，不能揭露光明的神秘。

假如你真要瞻望死的灵魂，你应当对生的肉体大大地开展你的心。

因为生和死是一件事，如同江河与海洋也是一件事。

在你的希望和愿欲的深处，隐藏着你对于来生的默识；

如同种子在雪下梦想，你们的心也在梦想着春天。

信赖一切的梦境吧，因为在那里面隐藏着永生之门。

你们的怕死，只是像一个牧人，当他站在国王的座前，被御手恩抚时的战栗。

在战栗之下，牧人岂不因为他身上已有了国王的手迹而喜悦吗？

可是，他岂不更注意到他自己的战栗吗？

除了在风中裸立，在日下消融之外，“死”还是什么呢？

除了把呼吸从不停的潮汐中解放，使他上升，扩大，无碍地寻求上帝之外，“气绝”又是什么呢？

只在你们从沉默的河中啜饮时，才真能歌唱。

只在你们达到山巅时，你们才开始攀缘。

只在大地索取你们的四肢时，你们才真正地跳舞。

言别

现在已是黄昏了。

于是那女预言者爱尔美差说：愿这一日，这地方，和你讲说的心灵都蒙福佑。

他回答说：说那话的是我吗？我不也是一个听者吗？

他走下殿阶，一切的人都跟着他。他上了船，站在舱面。

转面向着大众，他提高了声音说：

阿法利斯的民众呵，风命令我离开你们了。

我虽不像风那样地迅急，我也必须去了。

我们这些漂泊者，永远地寻求更寂寞的道路，我们不在安歇的时地起程，朝阳与落日也不在同一地方看见我们。

大地在睡眠中时，我们仍在行路。

我们是那坚牢植物的种子，在我们的心成熟丰满的时候，就交给大风纷纷吹散。

我在你们中间的日子是非常短促的，而我所说的话是更短了。

但等到我的声音在你们的耳中模糊，我的爱在你们的记忆中消灭的时候，我要重来。

我要以更丰满的心、更爱灵感的嘴唇说话。

是的，我要随着潮水归来，

虽然死要遮藏我，更大的沉默要包围我，我却仍要寻求你们的了解。

而且我这寻求不是徒然的。

假如我所说的都是真理，这真理要在更清澈的声音中、更明白的言语里显示出来。

阿法利斯的民众呵，我将与风同去，却不是坠入虚空；

假如这一天不是你们的需要和我的爱的满足，那就让这个算是一个应许，直到践言的一天。

人的“需要”会变换，但他的爱是不变的，他的“爱必满足需要”的愿望，也是不变的。

所以你要知道，我将在更大的沉默中归来。

那在晓光中消散、只留下露水的田间的烟雾，要上升凝聚在云中，化雨下降。

我也不是不像这烟雾。

在夜的寂静中，我曾在你们的街市上行走，我的心魂曾进入你们的院宅。

你们的心搏曾在我的心中，你们的呼吸曾在我的脸上，我都认识你们。

是的，我知道你们的喜乐与哀痛。在你们的睡眠中，你们的梦就是我的梦。

我在你们中间常像山间的湖水。

我照见了你们的高峰与危崖，以及你们思想和愿望的徘徊的云影。

你们的孩子的欢笑，和你们的青年的想望，都溪泉似的流到我的寂静之中。

当它流入我心之深处的时候，这溪泉仍是不停地歌唱。

但还有比欢笑还甜柔，比想望还伟大的东西流到。

那是你们身中的“无穷性”；

你们在这“巨人”里面，都不过是血脉与筋腱；

在他的吟诵中，你们的歌音只不过是无声的颤动。

只因为在这巨人里，你们才伟大。

我因为关心他，才关心你们，怜爱你们。

因为若不是在这阔大的空间里，“爱”能达到多远呢？

有什么幻象、什么期望、什么臆断能够无碍地高翔呢？

在你们本性中的巨人，如同一株缘满苹花的大橡树。

他的神力把你缠系在地上，他的香气把你超升入高空，在他的永存之中，你永不死。

你们曾听说过，像一条锁链，你们是脆弱的链环中最脆弱的一环。

但这不完全是真的。你们也是坚牢的链环中最坚牢的一环。

以你最小的事功来衡量你，如同用柔弱的泡沫，来核计大海的威权。

以你的失败来论断你，就是怨责四季之常变。

是呵，你们是像大海。

那重载的船舶，停在你的岸边待潮，你们虽像大海，也不能催促你的潮水。

你们也像四季，

虽然你们在冬天的时候，拒绝了春日。

你们的春日，和你们一同静息，她在睡中微笑，并不怨嗔。

不要想我说这话是要使你们彼此说："他夸奖得好，他只看见我们的好处。"

我不过用言语说出你们意念中所知道的事情。

言语的知识不只是无言的知识的影子吗？

你们的意念和我的言语，都是从封缄的记忆里来的波浪，这记忆是保存下来的我们的昨日，

也是大地还不认识我们也不认识她自己、正在混沌中受造的太古的白日和黑夜的记录。

哲人们曾来过，将他们的智慧给你们。我来却是领取你们的智慧：

要知道我找到了比智慧更伟大的东西。

那就是你们心里愈聚愈旺的火焰似的心灵。

你却不关心它的发展，只哀悼你岁月的凋残。

那是生命在宇宙的大生命中寻求扩大，而躯壳却在恐惧坟墓。

这里没有坟墓。

这些山岭和平原只是摇篮和垫脚石。

无论何时你从祖宗坟墓上走过，你若留意，你就会看见你们自己和子女们在那里携手跳舞。

真的，你们常在不知晓中作乐。

别人曾来到这里，为了他们在你们信仰上的黄金般的应许，你们所付与的只是财富、权力与光荣。

我所给予的还不及应许，而你们待我却更慷慨。

你们将生命的更深的渴求给予了我。

真的，对一个人来说，比起那把一切目的变作枯唇、把一切生命变作泉水的，没有更大的礼物了。

这便是我的荣誉和报酬——

当我到泉边饮水的时候，我觉得那流水也在渴着；

我饮水的时候，水也饮我。

你们中有人责备我对于领受礼物上太狷傲、太羞怯了。

在领受劳金上我是太骄傲了，在领受礼物上却不如此。

虽然在你们请我赴席的时候，我却在山中采食浆果。

在你们款留我的时候，我却在庙宇的廊下睡眠。

但岂不是你们对我的日夜的关怀，使我的饮食有味，使我的魂梦甜适吗？

为此我正要祝福你们：

你们给予了许多，却不知道你们已经给与。

真的，“慈悲”自己看镜的时候，变成石像。

“善行”自赐嘉名的时候，变成了咒诅的根源。

你们中有人说我高蹈，与我自己的“孤独”对饮。

你们也说过：“他和山林谈论却不和人说话。”

“他独自坐在山巅，俯视我们的城市。”

我确会攀登高山，孤行远地。

但除了在更高更远之处，我怎能看见你们呢？

除了相远之外，人们怎能相近呢？

还有人在无言中对我呼唤，他们说：

异乡人，异乡人，“至高”的爱慕者，为什么你住在那鹰鸟作巢的山峰上呢？

为什么你要追求那不能达到的事物呢？

在你的窝巢中，你要网罗甚样的风雨，

要捕取天空中哪一种虚幻的飞鸟呢？

加入我们吧。

你下来用我们的面包充饥，用我们的醇酒解渴吧。

在他们灵魂的静默中，他们说了这些话；

但是他们若再静默些，他们就知道我所要网罗的，只是你们的欢乐和哀痛的奥秘。

我所要捕取的，只是你们在天空中飞行的“大我”。

但是猎者也曾是猎品；

因为从我弓上射出的箭儿，有许多只是瞄向我自己的心胸的。

并且那飞翔者也曾是爬行者；

因为我的翅翼在日下展开的时候，在地上的影儿是一个龟鳖。

我是信仰者也曾是怀疑者；

因为我常常用手指抚触自己的伤痕，使我对你们有更大的信仰和认识。

凭着这信仰和认识，我说：

你们不是幽闭在躯壳之内，也不是禁锢在房舍与田野之中。

你们的“真我”是住在云间，与风同游。

你们不是在日中匍匐取暖，在黑暗里钻穴求安的一只动物，

却是一件自由的物事，一个包涵大地在以太中运行的魂灵。

如果这是模棱的言语，就不必寻求把这些话弄明白。

模糊和混沌是万物的起始，却不是终结。

我愿意你们把我当作个起始。

生命，和一切有生，都隐藏在烟雾里，不在水晶中。

谁知道水晶就是凝固的云雾呢？

在忆念我的时候，我愿你们记着这个：

你们心中最软弱、最迷乱的，就是那最坚强、最刚决的。

不是你的呼吸使你的骨骼竖立坚强吗？

不是一个你觉得从未做过的梦，建造了你的城市，形成了城中的一切吗？

你如只能看见你呼吸的潮汐，你就看不见别的一切；

你如能听见那梦想的微语，你就听不见别的声音。

你看不见，也听不见，这却是好的。

那蒙在你眼上的轻纱，也要被包扎这纱的手揭去；

那塞在你耳中的泥土，也要被那填塞这泥土的手指戳穿。

你将要看见。

你将要听见。

你也不为曾经失明，也不为曾经聋聩而悔恨。

因为在那时候，你要知道万物的潜隐的目的，

你要祝福黑暗，如同祝福光明一样。

他说完这些话，望着四周，他看见他船上的舵工凭舵而立，凝视着那胀满的风帆，又望着无际的天末。

他说：

耐心的，我的船主是太耐心的了。

大风吹着，帆篷也烦燥了；

连船舵也急要起程；

我的船主却静候着我说完话。

我的水手们，听见了那更大的海的啸歌，他们也耐

心地听着我。

现在他们不能再等待了。

我预备好了。

山泉已流入大海，那伟大的母亲又把他的儿子抱在胸前。

别了，阿法利斯的民众呵。

这一天完结了。

他在我们心上闭合，如同一朵莲花在她自己的“明日”上合闭。

在这里所付与我们的，我们要保藏起来，

如果这还不够，我们还必须重聚，齐向那给予者伸手。

不要忘了我还要回到你们这里来。

一会儿的工夫，我的“愿望”又要聚些泥土，形成另一个躯壳。

一会儿的工夫，在风中休息片刻，另一个妇人又要孕怀着我。

我向你们，和我曾在你们中度过的青春告别了。

不过是昨天，我们曾在梦中相见。

在我的孤寂中，你们曾对我歌唱。为了你们的渴慕，我曾在空中建立了一座高塔。

但现在我们的睡眠已经飞走，我们的梦想已经过去，也不是破晓的时候了。

中天的日影正照着我们，我们的半醒已变成了完满的白日，我们必须分手了。

如果在记忆的朦胧中，我们再要会见，我们再在一起谈论，你们也要对我唱更深沉的歌曲。

如果在另一个梦中，我们要再握手，我们要在空中再建一座高塔。

说着话，他向水手们挥手作势，他们立刻拔起锚儿，放开船儿，向东驶行。

从人民口里发出的同心的悲号，在尘沙中飞扬，在海面上奔越，如同号角的声响。

只有爱尔美差静默着，凝望着，直至那船渐渐消失在烟雾之中。

大众都星散了，她仍独自站在海岸上，在她的心中忆念着他所说的：

“一会儿的工夫，在风中休息片刻，另一个妇人又要孕怀着我。”

沙与沫

我永远在沙岸上行走，
在沙土和泡沫的中间。
高潮会抹去我的脚印，
风也会把泡沫吹走。
但是海洋和沙岸
却将永远存在。

我曾抓起一把烟雾。

然后我伸掌一看，哎哟，烟雾变成一个虫子。

我把手握起再伸开一看，手里却是一只鸟。

我再把手握起又伸开，在掌心里站着一个容颜忧郁、向天仰首的人。

我又把手握起，当我伸掌的时候，除了烟雾以外，一无所有。

但是我听到了一支绝顶甜柔的歌曲。

仅仅在昨天，我认为我自己只是一个碎片，无韵律地在生命的穹苍中颤抖。

现在我晓得，我就是那穹苍，一切生命都是在我里面有韵律地转动的碎片。

他们在觉醒的时候对我说："你和你所居住的世界，只不过是无边海洋的无边沙岸上的一粒沙子。"

在梦里我对他们说："我就是那无边的海洋，大千世界只不过是我的沙岸上的沙粒。"

只有一次把我窘得哑口无言，就是当一个人问我"你是谁"的时候。

想到神的第一个念头是一个天使。

说到神的第一个字眼是一个人。

我们是有海洋以前千万年地扑腾着、飘游着、追求着的生物，森林里的风把语言给予了我们。

那么我们怎能以昨天的声音来表现我们心中的远古

年代呢？

斯芬克斯只说过一次话。斯芬克斯说："一粒沙子就是一片沙漠，一片沙漠就是一粒沙子；现在再让我们沉默下去吧。"

我听到了斯芬克斯的话，但是我不懂得。

我看到过一个女人的脸，我就看到了她所有的还未生出的儿女。

一个女人看了我的脸，她就认得了在她生前已经死去的我的历代祖宗。

我想使自己完满起来。但是除非我能变成一个上面住着理智的生物的星球，此外还有什么可能呢？

这不是每一个人的目标吗？

一粒珍珠是痛苦围绕着一粒沙子所建造起来的庙宇。

是什么愿望围绕着什么样的沙粒，建造起我们的躯体呢？

当神把我这块石子丢在奇妙的湖里的时候，我以无数的圈纹扰乱了它的表面。

但是当我落到深处的时候，我就变得十分安静了。

给我静默，我将向黑夜挑战。

当我的灵魂和肉体由相爱而结婚的时候，我就得到了重生。

从前我认识一个听觉极其锐敏的人，但是他不能说话。在一个战役中他丧失了舌头。

现在我知道在这伟大的沉默来到以前，这个人打过的是什么样的仗。我为他的死亡而高兴。

这世界为我们两个人是不够大的。

我在埃及的沙土上躺了很久，沉默着而且忘却了季节。

然后太阳把生命给了我，我起来在尼罗河岸上行走。

和白天一同唱歌，和黑夜一同做梦。

现在太阳又用一千只脚在我身上践踏，让我再在埃及的沙土上躺下。

但是，请看一个奇迹和一个谜吧！

那个把我集聚起来的太阳，不能把我打散。

我依旧挺立着，我以稳健的步履在尼罗河岸上行走。

记忆是相会的一种形式。

忘记是自由的一种形式。

我们依据无数太阳的运转来测定时间；他们以他们口袋里的小小的机器来测定时间。

那么请告诉我，我们怎能在同一的地点和同一的时间相会呢？

对于从银河的窗户里下望的人，空间就不是地球与太阳之间的空间了。

人性是一条光河，从永久以前流向永久。

难道在以太里居住的精灵，不妒羡世人的痛苦吗？

在到圣城去的路上，我遇到另一位香客，我问他："这条就是到圣城去的路吗？"

他说："跟我来吧，再有一天一夜就到达圣城了。"

我就跟随他。我们走了几天几夜，还没有走到圣城。

使我惊讶的是，他带错了路反而对我大发脾气。

神呵，让我做狮子的俘食，要不就让兔子做我的俘食吧。

除了通过黑夜的道路，人们不能到达黎明。

我的房子对我说："不要离开我，因为你的过去住在这里。"

道路对我说："跟我来吧，因为我是你的将来。"

我对我的房子和道路说："我没有过去，也没有将来。如果我住下来，我的住中就有去；如果我去，我的去中就有住。只有爱和死才能改变一切。"

当那些睡在绒毛上面的人所做的梦，并不比睡在土地上的人的梦更美好的时候，我怎能对生命的公平失掉信心呢?

奇怪得很，对某些娱乐的愿望，也是我的痛苦的一部分。

曾有七次我鄙视了自己的灵魂：

第一次是在她可以上升而却谦让的时候。

第二次是我看见她在瘸者面前跛行的时候。

第三次是让她选择难易，而她选了易的时候。

第四次是她做错了事，却安慰自己说别人也同样做错了事。

第五次是她容忍了软弱，而把她的忍受称为坚强。

第六次是当她轻蔑一个丑恶的容颜的时候，却不知道那是她自己的面具中之一。

第七次是当她唱一首颂歌的时候，自己相信这是一种美德。

我不知道什么是绝对的真理。但是我对于我的无知是谦虚的，这其中就有了我的荣誉和报酬。

在人的幻想和成就中间有一段空间，只能靠他的热望来通过。

天堂就在那边，在那扇门后，在隔壁的房里；但是我把钥匙丢了。

也许我只是把它放错了地方。

你瞎了眼睛，我是又聋又哑，因此让我们握起手来互相了解吧。

一个人的意义不在于他的成就，而在于他所企求成就的东西。

我们中间，有些人像墨水，有些人像纸张。

若不是因为有些人是黑的话，有些人就成了哑巴。

若不是因为有些人是白的话，有些人就成了瞎子。

给我一只耳朵，我将给你以声音。

我们的心才是一块海绵；我们的心怀是一道河水。

然而我们大多宁愿吸收而不肯奔流，这不是很奇怪吗？

当你想望着无名的恩赐，怀抱着无端的烦恼的时候，你就真和一切生物一同长大，升向你的大我。

当一个人沉醉在一个幻象之中，他就会把这幻象的模糊的情味当作真实的酒。

你喝酒为的是求醉；我喝酒为的是要从别种的醉酒中清醒过来。

当我的酒杯空了的时候，我就让它空着；但当它半满的时候，我却恨它半满。

一个人的实质，不在于他向你显露的那一面，而在于他所不能向你显露的那一面。

因此，如果你想了解他，不要去听他说出的话，而要去听他的没有说出的话。

我说的话有一半是没有意义的；我把它说出来，为的是也许会让你听到其他的一半。

幽默感就是分寸感。

当人们夸奖我多言的过失，责备我沉默的美德的时候，我的寂寞就产生了。

当生命找不到一个歌唱家来唱出她的心情的时候，她就产生一个哲学家来说出她的心思。

真理是常久被人知道的，有时被人说出的。

我们的真实的我是沉默的；后天的我是多嘴的。

我的生命内的声音达不到你的生命内的耳朵；但是为了避免寂寞，就让我们交谈吧。

当两个女人交谈的时候，她们什么话也没有说；当一个女人自语的时候，她揭露了生命的一切。

青蛙也许会叫得比牛更响，但是它们不能在田里拉犁，也不会在酒坊里牵磨，它们的皮也做不出鞋来。

只有哑巴才妒忌多嘴的人。

如果冬天说，“春天在我的心里”，谁会相信冬天呢？

每一粒种子都是一个愿望。

如果你真的睁起眼睛来看，你会从每一个形象中看到你自己的形象。

如果你张开耳朵来听，你会在一切声音里听到你自己的声音。

真理是需要我们两个人来发现的：一个人来讲说它，一个人来了解它。

虽然言语的波浪永远在我们上面喧哗，而我们的深处却永远是沉默的。

许多理论都像一扇窗户，我们通过它看到真理，但是它也把我们同真理隔开。

让我们玩捉迷藏吧。你如果藏在我的心里，就不难把你找到。但是如果你藏到你的壳里去，那么任何人也找你不到的。

一个女人可以用微笑把她的脸蒙了起来。

那颗能够和欢乐的心一同唱出欢歌的忧愁的心，是多么高贵呵。

想了解女人，或分析天才，或想解答沉默的神秘的人，就是那个想从一个美梦中挣扎醒来坐到早餐桌上的人。

我愿意同走路的人一同行走。我不愿站住看着队伍走过。

对于服侍你的人，你欠他的还不只是金子。把你的心交给他或是服侍他吧。

没有，我们没有白活。他们不是把我们的骨头堆成堡垒了吗？

我们不要挑剔计较吧。诗人的心思和蝎子的尾巴，都是从同一块土地上光荣地升起的。

每一条毒龙都产生出一个屠龙的圣乔治来。

树木是大地写上天空中的诗。我们把它们砍下造纸，让我们可以把我们的空洞记录下来。

如果你要写作（只有圣人才晓得你为什么要写作），你必须有知识、艺术和魔术——字句的音乐的知识，不矫揉造作的艺术，和热爱你读者的魔术。

他们把笔蘸在我们的心怀里，就认为他们已经得了灵感了。

如果一棵树也写自传的话，它不会不像一个民族的历史。

如果我在"写诗的能力"和"未写成诗的欢乐"之间选择的话，我就要选那欢乐。因为欢乐是更好的诗。

但是你和我所有的邻居，都一致地说我总是不会选择。

诗不是一种表白出来的意见。它是从一个伤口或是一个笑口涌出的一首歌曲。

言语是没有时间性的。在你说它或是写它的时候应该懂得它的特点。

诗人是一个退位的君王，坐在他的宫殿的灰烬里，想用残灰捏出一个形象。

诗是欢乐、痛苦和惊奇穿插着词汇的一场交道。

一个诗人要想寻找他心里诗歌的母亲的话，是徒劳无功的。

我曾对一个诗人说："不到你死后我们不会知道你的价值。"

他回答说："是的，死亡永远是个揭露者。如果你真想知道我的价值，那就是我心里的比舌上的多，我所愿望的比手里现有的多。”

如果你歌颂美，即使你是在沙漠的中心，你也会有听众。

诗是迷醉心怀的智慧。

智慧是心思里歌唱的诗。

如果我们能够迷醉人的心怀，同时也在他的心思中歌唱，

那么他就真个地在神的影中生活了。

灵感总是歌唱；灵感从不解释。

我们常为使自己入睡而对我们的孩子唱催眠的歌曲。

我们的一切字句，都是从心思的筵席上散落下来的残屑。

思想对于诗往往是一块绊脚石。

能唱出我们的沉默的，是一个伟大的歌唱家。

如果你嘴里含满了食物，你怎能歌唱呢？

如果你手里握满金钱，你怎能举起祝福之手呢？

他们说夜莺唱着恋歌的时候，把刺扎进自己的心膛。

我们也都是这样的。不这样我们还能歌唱吗？

天才只不过是晚春开始时节知更鸟所唱的一首歌。

连那最高超的心灵，也逃不出物质的需要。

疯人作为一个音乐家并不比你我逊色，不过他所弹奏的乐器有点失调而已。

在母亲心里沉默着的歌，在她孩子的唇上唱了出来。

没有不能圆满的愿望。

我和另外一个我，从来没有完全一致过。事物的实质似乎横亘在我们中间。

你的另外一个你总是为你难过。但是你的另外一个你就在难过中成长；那么就一切都好了。

除了在那些灵魂熟睡、躯壳失调的人的心里之外，灵魂和躯壳之间是没有斗争的。

当你达到生命的中心的时候，你将在万物中甚至于在看不见美的人的眼睛里，也会找到美。

我们活着只为的是去发现美。其他一切都是等待的种种形式。

撒下一粒种子，大地会给你一朵花。向天祝愿一个梦想，天空会给你一个情人。

你生下来的那一天，魔鬼就死去了。

你不必经过地狱去会见天使。

许多女子借到了男子的心；很少女子能占有它。

如果你想占有，你千万不可要求。

当一个男子的手接触到一个女子的手，他俩都接触到了永在的心。

爱情是情人之间的面幕。

每一个男子都爱着两个女人：一个是他想象的作品，另外一个还没有生下来。

不肯原谅女人的细微过失的男子，永远不会欣赏她们伟大的德性。

不日日自新的爱情，变成一种习惯，而终于变成奴役。

情人只拥抱了他们之间的一种东西，而没有互相拥抱。

恋爱和疑忌是永不交谈的。

爱情是一个光明的字，被一只光明的手写在一张光明的册页上的。

友谊永远是一个甜柔的责任，从来不是一种机会。

如果你不在所有的情况下了解你的朋友，你就永远不会了解他。

你的最华丽的衣袍是别人织造的；

你的最可口的一餐是在别人的桌上吃的；

你的最舒适的床铺是在别人的房子里的。

那么请告诉我，你怎能把自己同别人分开呢？

你的心思和我的心怀将永远不会一致，除非你的心思不再居留于数字中，而我的心怀不再居留在云雾里。

除非我们把语言减少到七个字，我们将永不会互相了解。

我的心除了把它敲碎以外，怎能把它打开呢？

只有深哀和极乐才能显露你的真实。

如果你愿意被显露出来，你必须在阳光中裸舞，或是背起你的十字架。

如果自然听到了我们所说的知足的话语，江河就不去寻求大海，冬天就不会变成春天。如果她听到我们所说的一切吝啬的话语，我们有多少人可以呼吸到空气呢？

当你背向太阳的时候，你只看到自己的影子。

你在白天的太阳前面是自由的，在黑夜的星辰前面也是自由的；

在没有太阳，没有月亮，没有星辰的时候，你也是自由的。

就是在你对世上一切闭起眼睛的时候，你也是自由的。

但是你是你所爱的人的奴隶，因为你爱了他。

你也是爱你的人的奴隶，因为他爱了你。

我们都是庙门前的乞丐，当国王进出庙门的时候，我们每人都分受到恩赏。

但是我们都互相妒忌，这是轻视国王的另一种方式。

你不能吃得多过你的食欲。那一半食粮是属于别人的，而且也还要为不速之客留下一点面包。

如果不为待客的话，所有的房屋都成了坟墓。

和善的狼对天真的羊说：“你不光临寒舍吗？”

羊回答说：“我们将以造府为荣，如果贵府不是在你肚子里的话。”

我把客人拦在门口说：“不必了，在出门的时候再擦脚吧，进门的时候是不必擦的。”

慷慨不是你把我比你更需要的东西给我，而是你把你比我更需要的东西也给了我。

当你施与的时候你当然是慈善的，在授与的时候要把脸转过一边，这样就可以不看那受者的羞赧。

最富与最穷的人的差别，只在于一整天的饥饿和一个钟头的干渴。

我们常常从我们的明天预支了来偿付我们昨天的债负。

我也曾受过天使和魔鬼的造访，但是我都把他们支走了。

当天使来的时候，我念一段旧的祷文，他就厌烦了；

当魔鬼来的时候，我犯一次旧的罪过，他就从我面前走过了。

总的说来，这不是一所坏监狱；我只不喜欢在我的囚房和隔壁囚房之间的这堵墙；

但是我对你保证，我决不愿责备狱吏和建造这监狱的人。

你向他们求鱼而却给你毒蛇的那些人，也许他们只有毒蛇可给。那么在他们一方面就算是慷慨的了。

欺骗有时成功，但它往往自杀。

当你饶恕那些从不流血的凶手，从不窃盗的小偷，不打诳语的说谎者的时候，你就真是一个宽大的人。

谁能把手指放在善恶分野的地方，谁就是能够摸到上帝圣袍的边缘的人。

如果你的心是一座火山的话，你怎能指望会从你的手里开出花朵来呢？

多么奇怪的一个自欺的方式！有时我宁愿受到损害和欺骗，好让我嘲笑那些以为我不知道我是被损害、欺骗了的人。

对于一个扮作被追求者的角色的追求者，我该怎么说他呢？

让那个把脏手在你衣服上擦的人，把你的衣服拿走吧。他也许还需要那件衣服，你却一定不会再要了。

兑换商不能做一个好园丁，真是可惜。

请你不要以后天的德行来粉饰你的先天的缺陷。我宁愿有缺陷；这些缺陷和我自己的一样。

有多少次我把没有犯过的罪都拉到自己身上，为的让人家在我面前感到舒服。

就是生命的面具，也都是更深的奥秘的面具。

你可能只根据对自己的了解去判断别人。

现在告诉我，我们里头谁是有罪的，谁是无辜的。

真正公平的人就是对你的罪过感到应该分担的人。

只有白痴和天才，才会去破坏人造的法律，他们离上帝的心最近。

只在你被追逐的时候，你才快跑。

我没有仇人，上帝呵！如果我会有仇人的话，

就让他和我势均力敌，

只让真理做一个战胜者。

当你和敌人都死了的时候，你就会和他十分友好了。

一个人在自卫的时候可能自杀。

很久以前一个“人”，因为过于爱别人，也因太可爱了，而被钉在十字架上。

说来奇怪，昨天我碰到他三次。

第一次是他恳求一个警察不要把一个妓女关到监牢里去；第二次是他和一个无赖一块喝酒；第三次是他在教堂里和一个法官拳斗。

如果他们所谈的善恶都是正确的话，那么我的一生只是一个长时间的犯罪。

怜悯只是半个公平。

过去唯一对我不公平的人，就是那个我曾对他的兄弟不公平的人。

当你看见一个人被带进监狱的时候，在你心中默默地说："也许他是从更狭小的监狱里逃出来的。"

当你看见一个人喝醉了的时候，在你心中默默地说："也许他想躲避某些更不美好的事物。"

在自卫中我常常憎恨；但是如果我是一个比较坚强的人，我就不必使用这样的武器。

把唇上的微笑来遮掩眼里的憎恨的人，是多么愚蠢呵！

只有在我以下的人，能忌妒我或憎恨我。

我从来没有被忌妒或被憎恨过；我不在任何人之上。

只有在我以上的人，能称赞我或轻蔑我。

我从来没有被称赞或被轻蔑过；我不在任何人之下。

你对我说“我不了解你”，这就是过分地赞扬了我，无故地侮辱了你。

当生命给我金子而我给你银子的时候，我还自以为慷慨，这是多么卑鄙呵！

当你达到生命心中的时候，你会发现你不高过罪人，也不低于先知。

奇怪的是，你竟可怜那脚下慢的人，而不可怜那心里慢的人。

可怜那盲于目的人，而不可怜那盲于心的人。

瘸子不在他敌人的头上敲断他的拐杖，是更聪明些的。

那个认为从他的口袋里给你，可以从你心里取回的人，是多么糊涂呵！

生命是一支队伍。迟慢的人发现队伍走得太快了，他就走出队伍；

快步的人又发现队伍走得太慢了，他也走出队伍。

如果世上真有罪孽这件东西的话，我们中间有的人是跟着我们祖先的脚踪，倒退着造孽。

有的人是管制着我们的儿女，赶前地造孽。

真正的好人，是那个和所有大家认为坏的人在一起的人。

我们都是囚犯，不过有的是关在有窗的牢房里，有的就关在无窗的牢房里。

奇怪的是，当我们为错误辩护的时候，我们用的气力比我们捍卫正确时还大。

如果我们互相供认彼此的罪过的话，我们就会为大家并无新创而互相嘲笑。

如果我们都公开了我们的美德的话，我们也将为大家并无新创而大笑。

一个人是在人造的法律之上，直到他犯了抵触人造的惯例的罪；

在此以后，他就不在任何人之上，也不在任何人之下。

政府是你和我之间的协定。你和我常常是错误的。

罪恶是需要的别名，或是疾病的一种。

还有比意识到别人的过失还大的过失吗？

如果别人嘲笑你，你可以怜悯他；但是如果你嘲笑他，你决不可自恕。

如果别人伤害你，你可以忘掉它；但是如果你伤害了他，你须永远记住。

实际上别人就是最敏感的你，附托在另一个躯壳上。

你要人们用你的翅翼飞翔而却连一根羽毛也拿不出

的时候，你是多么轻率呵。

从前有人坐在我的桌上，吃我的饭，喝我的酒，走时还嘲笑我。

以后他再来要吃要喝，我不理他；

天使就嘲笑我。

憎恨是一件死东西，你们有谁愿意做一座坟墓？

被杀者的光荣就是他不是凶手。

人道的保护者是在它沉默的心怀中，从不在它多言的心思里。

他们认为我疯了，因为我不肯拿我的光阴去换金钱；

我认为他们是疯了，因为他们以为我的光阴是可以估价的。

他们把最昂贵的金子、银子、象牙和黑檀排列在我们的面前，我们把心胸和气魄排列在他们面前；

而他们却自称为主人，把我们当作客人。

我宁可做人类中有梦想和有完成梦想的愿望的、最渺小的人，而不愿做一个最伟大的、无梦想、无愿望的人。

最可怜的人是把他的梦想变成金银的人。

我们都在攀登自己心愿的高峰。如果另一个登山者偷了你的粮袋和钱包，而把粮袋装满了，钱包也加重了，你应当可怜他；

这攀登将为他的肉体增加困难，这负担将加长他的路程。

如果在你消瘦的情况下，看到他的肉体膨胀着往上爬，帮他一步；这样做会增加你的速度。

你不能超过你的了解去判断一个人，而你的了解是多么浅薄呵。

我决不去听一个征服者对被征服的人的说教。

真正自由的人是忍耐地背起奴隶的负担的人。

千年以前，我的邻人对我说：“我恨生命，因为它只是一件痛苦的东西。”

昨天我走过一座坟园，我看见生命在他的坟上跳舞。

自然界的竞争不过是混乱渴望着秩序。

静独是吹落我们枯枝的一阵无声的风暴；

但是它把我们活生生的根芽，更深地送进活生生的大地的活生生的心里。

我曾对一条小溪谈到大海，小溪认为我只是一个幻想的夸张者；

我也曾对大海谈到小溪，大海认为我只是一个低估的诽谤者。

把蚂蚁的忙碌捧得高于蚱蜢的歌唱的眼光，是多么狭仄呵！

这个世界里的最高德行，在另一个世界也许是最低的。

深和高在直线上走到深度和高度；只有广阔能在圆周里运行。

如果不是因为我们有了重量和长度的观念，我们站在萤火光前也会同在太阳面前一样地敬畏。

一个没有想象力的科学家，好像一个拿着钝刀和旧秤的屠夫。

但既然我们不全是素食者，那么你该怎么办呢？

当你歌唱的时候，饥饿的人就用他的肚子来听。

死亡和老人的距离并不比和婴儿的距离更近；生命也是如此。

假如你必须直率地说的话，就直率得漂亮一些；要不就沉默下来，因为我们邻近有一个人快死了。

人间的葬礼也可能是天上的婚筵。

一个被忘却的真实可能死去，而在它的遗嘱里留下七千条的实情实事，作为料理丧事和建造坟墓之用。

实际上我们只对自己说话，不过有时我们说得大声一点，使得别人也能听见。

显而易见的东西是：在被人简单地表现出来之前，从不被人看到的。

假如银河不在我的意识里，我怎能看到它或了解它呢？

除非我是医生群中的一个医生，他们不会相信我是一个天文学家的。

也许大海给贝壳下的定义是珍珠。

也许时间给煤炭下的定义是钻石。

荣名是热情站在阳光中的影子。

花根是鄙弃荣名的花朵。

在美之外没有宗教，也没有科学。

我所认得的大人物的性格中都有些渺小的东西；就是这些渺小的东西，阻止了懒惰、疯狂或者自杀。

真正伟大的人是不压制人也不受人压制的人。

我决不因为那个人杀了罪人和先知，就相信他是中庸的。

容忍是和高傲狂害着相思的一种病症。

虫子是会弯曲的；但是连大象也会屈服，不是很奇怪吗？

一场争论可能是两个心思之间的捷径。

我是烈火，我也是枯枝，一部分的我消耗了另一部分的我。

我们都在寻找圣山的顶峰；假如我们把过去当作一张图表而不作为一个向导的话，我们的路程不是可以缩短吗？

当智慧骄傲到不肯哭泣，庄严到不肯欢笑，自满到不肯看人的时候，就不成为智慧了。

如果我把你所知道的一切，把自己填满的话，我还能有余地来容纳你所不知道的一切吗？

我从多话的人学到了静默，从偏狭的人学到了宽容，从残忍的人学到了仁爱，但奇怪的是我对于这些老师并不感激。

执拗的人是一个极聋的演说家。

妒忌的沉默是太吵闹了。

当你达到你应该了解的终点的时候，你就处在你应该感觉的起点。

夸张是发了脾气的真理。

假如你只能看到光所显示的，只能听到声所宣告的，

那么实际上你没有看，也没有听。

一件事实是一条没有性别的真理。

你不能同时又笑又冷酷。

离我心最近的是一个没有国土的国王和一个不会求乞的穷人。

一个羞赧的失败比一个骄傲的成功还要高贵。

在任何一块土地上挖掘你都会找到珍宝，不过你应

该以农民的信心去挖掘。

一个被二十个骑士和二十条猎狗追逐着的狐狸说："他们当然会打死我。但他们准是很可怜很笨拙的。假如二十只狐狸骑着二十头驴子带着二十只狼去追打一个人的话，那真是不值得的。"

是我们的心思屈服于我们自制的法律之下，我们的精神是从不屈服的。

我是一个旅行者，也是一个航海者，我每天在我的灵魂中发现一个新的王国。

一个女人抗议说："当然那是一场正义的战争。我的儿子在这场战争中牺牲了。"

我对生命说："我要听死亡说话。"

生命把她的声音提高一点说："现在你听到他说话了。"

当你解答了生命的一切奥秘，你就渴望死亡，因为它不过是生命的另一个奥秘。

生与死是勇敢的两种最高贵的表现。

我的朋友，你和我对于生命将永远是个陌生者，
我们彼此也是陌生者，对自己也是陌生者，
直到你要说、我要听的那一天，
把你的声音作为我的声音；
当我站在你的面前，觉得我是站在镜前的时候。

他们对我说：“你能自知你就能了解所有的人。”
我说：“只有我寻求所有的人我才能自知。”

一个人有两个我：一个在黑暗里醒着，一个在光明中睡着。

隐士是遗弃了支离破碎的世界，使他可以无惊无扰地享受着整个世界。

在学者和诗人之间伸展着一片绿野；如果学者穿走

过去，他就成个圣贤；如果诗人穿走过来，他就成个先知。

昨晚我看见哲学家们把他们的头颅装在篮子里，在市场上高声叫卖：“智慧，卖智慧咯！”

可怜的哲学家！他们必须出卖他们的头来喂养他们的心。

一个哲学家对一个清道夫说：“我可怜你，你的工作又苦又脏。”

清道夫说：“谢谢你，先生。请告诉我，你做什么工作？”

哲学家回答说：“我研究人的心思、行为和愿望。”

清道夫一面扫街一面微笑说：“我也可怜你。”

听真理的人并不弱于讲真理的人。

没有人能在需要与奢侈之间画一条界线。只有天使能这样做，天使是明智而热切的。

也许天使就是我们在太空中的更高尚的思想。

在托钵僧的心中找到自己的宝座的是真正的王子。

慷慨是超过自己能力的施与，自尊是少于自己需要的接受。

实际上你不欠任何人的债。你欠所有的人一切的债。

从前生活过的人现在都和我们一起活着。我们中间当然没有人愿意做一个慢客的主人。

想望得最多的人活得最长。

他们对我说："十鸟在树不如一鸟在手。"

我却说："一鸟一羽在树胜过十鸟在手。"

你对那根羽毛的追求，就是脚下生翼的生命；不，它就是生命的本身。

世界上只有两个原素，美和真；美在情人的心中，真在耕者的臂里。

伟大的美俘虏了我，但是一个更伟大的美居然把我从掌握中释放了。

美在想望它的人的心里比在看到它的人的眼里，放出更明亮的光彩。

我爱慕那对我倾诉心怀的人，我尊重那对我披露梦想的人。但是为什么在服侍我的人面前，我却腼腆，甚至于带些羞愧呢？

天才曾以能侍奉王子为荣。

现在他们以侍奉贫民为荣。

天使们晓得，有过多的讲实际的人，就着梦想者眉间的汗，吃他们的面包。

风趣往往是一副面具。你如能把它扯了下来，你将发现一个被激恼了的才智，或是在变着戏法的聪明。

聪明把聪明归功于我，愚钝把愚钝归罪于我。我想他俩都是对的。

只有自己心里有秘密的人才能参透我们心里的秘密。

只能和你同乐不能和你共苦的人，丢掉了天堂七个门中的一把钥匙。

是的，世界上是有涅槃；它是在把羊群带到碧绿的牧场的时候，在哄着你孩子睡觉的时候，在写着你的最后一行诗句的时候。

远在体验到它们以前，我们就已经选择了我们的欢乐和悲哀了。

忧愁是两座花园之间的一堵墙壁。

当你的欢乐和悲哀变大的时候，世界就变小了。

愿望是半个生命，淡漠是半个死亡。

我们今天的悲哀里最苦的东西，是我们昨天的欢乐的回忆。

他们对我说：“你必须在今生的欢娱和来世的平安之中作个选择。”

我对他们说：“我已选择了今生的愉快和来世的安宁。因为我心里知道那最大的诗人只写过一首诗，而这首诗是完全合乎音节韵律的。”

信仰是心中的绿洲，思想的骆驼队是永远走不到的。

当你求达你的高度的时候，你将想望，但要只为想望而想望；你应为饥饿而热望；你应为更大的干渴而渴望。

假如你对风泄露了你的秘密，你就不应当去责备风对树林泄露了秘密。

春天的花朵是天使们在早餐桌上所谈论的冬天的梦想。

鼬鼠对月下香说："看我跑得多快，你却不能走，也不会爬。"

月下香对鼬鼠说："最高贵的快腿，请你快快跑开吧！"

乌龟比兔子更能多讲些道路的情况。

奇怪的是没有脊骨的生物都有最坚硬的壳。

话最多的人是最不聪明的人，在一个演说家和一个拍卖人之间，几乎没有分别。

你应该感谢，因为你不必靠着父亲的名望或伯叔的财产来生活。

但是最应感谢的是，没有人必须靠着你的名誉或财产来生活。

只在一个变戏法的人接不到球的时候，他才能吸引我。

忌妒我的人在不知不觉之中颂扬了我。

在很久的时间，你是你母亲睡眠里的一个梦，以后她醒起把你生了下来。

人类的胚芽是在你母亲的愿望里。

我的父母愿意有个孩子，他们就生下我。

我要母亲和父亲，我就生下了黑夜和海洋。

有的儿女使我们感到此生不虚，有的儿女为我们留下终身之憾。

当黑夜来了而你也阴郁的时候，就坚决地阴郁着躺了下去。

当早晨来了而你还感着阴郁的时候，就站起来坚决地对白天说：“我还是阴郁的。”

对黑夜和白天扮演角色是愚蠢的。

他俩都会嘲笑你。

雾里的山岳不是丘陵；雨中的橡树也不是垂柳。

看哪，这一个似非而是的论断：深和高是比“折中”和“两可”更为相近。

当我一面明镜似的站在你面前的时候，你注视着我看到了自己的形象。

然后你说：“我爱你。”

但是实际上你爱的是我里面的你。

当你以爱邻为乐的时候，它就不是美德了。

不时常涌溢的爱就往往死掉。

你不能同时又有青春又有关于青春的知识。

因为青春忙于生活，而顾不得去了解；而知识忙于自我寻求，而顾不得去生活。

你有时坐在窗边看望过往行人。望着望着，你也许看见一个尼姑向你右手边走来，一个妓女向你左手边走来。

你也许在无意中说出“这一个是多么高洁而那一个又是多么卑贱。”

假如你闭起眼睛静听一会儿，你会听到太空中有个声音低语说：“这一个在祈祷中寻求我，那一个在痛苦中寻求我。在各人的心灵里，都有一座供奉我的心灵的庵堂。”

每隔一百年，拿撒勒的耶稣就和基督徒的耶稣在黎巴嫩山中的花园里相会。他们作了长谈；每次当拿撒勒的耶稣向基督徒的耶稣道别的时候，他都说：“我的朋友，我恐怕我们两人永远永远也不会一致。”

求上帝喂养那些穷奢极欲的人吧！

一个伟大的人有两颗心：一颗心流血，另一颗心宽容。

如果一个人说了并不伤害你或任何人的谎话，为什么不在你心里说，他堆放事实的房子是太小了，搁不下他的胡想，他必须把胡想留待更大的地场。

在每扇关起的门后，都有一个用七道封皮封起的秘密。

等待是时间的蹄子。

假如困难是你东墙上的一扇新开的窗户，那你怎么办呢？

和你一同笑过的人，你可能把他忘掉；但是和你一同哭过的人，你却永远不忘。

在盐里面一定有些出奇的神圣的东西。它也在我们的眼泪里和大海里。

我们的上帝在他慈悲的干渴里，会把我们——露珠和眼泪——都喝下去。

你不过是你的大我的一个碎片，一张寻求面包的嘴，一只盲目的、为一张干渴的嘴举着水杯的手。

只要你从种族、国家和自身之上，升起一腕尺，你就真成了神一样的人。

假如我是你，我决不在低潮的时候去抱怨大海。

船是一只好船，我们的船主是精干的；只不过是你的肚子不合适就是了。

我们想望而得不到的东西，比我们已经得到的东西总要宝贵些。

假如你能坐在云头上，你就看不见两国之间的界线，也看不见庄园之间的界石。

可惜的是你不能坐在云头上。

七百年以前有七只白鸽，从幽谷里飞上高山的雪峰。七个看到鸽子飞翔的人中，有一个说："我看出第七只鸽子的翅膀上，有一个黑点。"

今天这山谷里的人们，就说飞上雪山顶峰的是七只黑鸽。

在秋天，我收集起我的一切烦恼，把它们埋在我的花园里。

四月又到，春天来同大地结婚，在我的花园里开出与众花不同的美丽的花。

我的邻人们都来赏花，他们对我说："当秋天再来，该下种子的时候，你好不好把这些花种分给我们，让我们的花园里也有这些花呢？

假如我向人伸出空手而得不到东西，那当然是苦恼；但是假如我伸出一只满握的手，而发现没有人来接受，那才是绝望呢。

我渴望着来生，因为在那里我将会看到我的未写出的诗和未画出的画。

艺术是从自然走向无穷的一步。

艺术作品是一堆云雾雕塑成的一个形象。

连那把荆棘编成王冠的双手，也比闲着的双手强。

我们最神圣的眼泪，永不寻求我们的眼睛。

每一个人都是已往的每一个君王和每一个奴隶的后裔。

如果耶稣的曾祖知道在他里面隐藏着的东西的话，他不会对自己肃然起敬吗？

犹大的母亲对于儿子的爱，会比玛利亚对耶稣的爱少些吗？

我们的弟兄耶稣还有三桩奇迹没有在经书上记载过：第一件是他是和你我一样的人；第二件是他有幽默感；第三件是他知道他虽然被征服，而却是一个征服者。

钉在十字架上的人，你是钉在我的心上；穿透你双手的钉子，穿透了我的心壁。

明天，当一个远方人从各各他走过的时候，他不会知道这里有两个人流过血。

他还以为那是一个人的血。

他也许听说过那座福山。

它是我们世上最高的山。

一旦你登上顶峰，你就只有一个愿望，那就是往下走入最深的峪谷里，和那里的人民一同生活。

这就是这座山叫作福山的原因。

我的每一个禁闭在表情里的念头，我必须用行为去释放它。

A Prose Poetry Collection of Gibran

纪伯伦散文诗选

原　　著：（黎）卡里·纪伯伦
丛书主编：彭　萍
丛书副主编：（按姓氏拼音排序）
沈忆文　吴　樯　徐　阳　周　玮
本书导读与注释：刘宇笑　彭　萍

中国宇航出版社
·北京·

专家寄语

看到中国宇航出版社“我的心灵藏书馆”导读注释丛书，这些颇为久违的书目在心里激发出一种十分亲切的感觉。这其中很多是当年我们做学生时读过的，不少记忆犹新。记得在上海外国语学院（现上海外国语大学）读书时，老师常对我们说，学习英语离不开文学，建议我们阅读英美文学经典著作。

各国的经典著作是人类共同的宝贵文化财富。由于历史条件等原因，这些文学巨匠的作品是无法超越的。这些巨著所描绘的绚丽多彩的生活画卷，扣人心弦的情节，栩栩如生的人物形象，深入透彻的内心精神分析，脍炙人口，令人赞叹，不但从文学角度本身来说有极高的价值，还能帮助我们了解政治、历史、哲学、经济、文化、宗教、风土人情、风俗习惯等英美社会的方方面面，因为文学是反映社会现实的，是生活的百科全书。此外，英语中的许多成语典故乃至谚语都出自这些经典著作，作为英语专业的学生或英语自学者，这些都是不可或缺的。

学英语应该对英美文学有相当的了解，尤其是传世的经典著作。但是英美文学经典著作浩瀚如烟，而且很多是厚厚的大部头，只能选读一部分，这次中国宇航出版社“我的心灵藏书馆”所选的书籍都是经过精心挑选的，决定这份书单，参考了大量的材料，做了大量的调查，因此可以说所选之书都是精品中的精品。这些书的语言文字十分优美，不少精彩的段落适合反复吟读，也值得背诵。

针对中国学生的导读注释本会提供很多帮助。导读就作者情况、作品的背景、作品的情节、主要人物、其在文学史上的地位和社会意义等作了介绍，引导读者进入英美文学的神圣殿堂。注释部分对语言难点、文化社会背景、典故、历史事件、历史人物和地点等作了详尽的解说，指点迷津，指出许多成语典故的出处和习惯用法，

可以帮助读者除掉许多文字方面的拦路虎，大大方便英语学习者，从而能帮助读者正确理解故事情节，提高阅读的速度。笔者的经验表明，经典著作精练的语言本身能保证所学英语的语言质量，但是要有一定量的阅读才能提供数量上的保证，只有质和量双管齐下才能保证英语较大的提高。

十年动乱之后高等学校复课时，很多出版社都出版了一批经典名著和一批当代和现代的优秀作品，深受广大学生的欢迎，对教师的英语教学和学生们的英语学习作出了很大的贡献。可是现在学英语往往强调时代性和实用性，各种实用英语很多，还有许多时髦的读物，相对而言，经典著作出版得反而很少，书店的书架上很难寻觅到它们的踪影。笔者觉得这是一种方向上的偏离。即使在外事活动、经济交流中，掌握必要的英美文学方面的知识也是十分有用的。我国领导人与外国政要会晤时也常常引用外国文学作品中的名言，这对建立和增进友好气氛有很大的作用。

经典著作的作用是其他作品取代不了的。中国宇航出版社推出这套名著注释版丛书是很有眼光的，可以说是填补了一个空白。他们请北京外国语大学骨干教师彭萍博士担任这套书的主编也是非常适合的，而诸位导读和注释者在英语教学方面都有着丰富的经验，不仅指出作品中英语特有的成语和习惯用法，有的还详细举例说明，让读者更好地理解如何应用，尤其着重指出一些与文化有关的背景知识。不仅如此，注释还指出了作品布局、前后照应、句式结构以及修辞等方面的许多特点，有些很难翻译的词句还提供了参考译文。这些视角很有创新意识。作为一个学英语、教英语几十年的过来人，笔者愿意热情地向大家推荐这套丛书，相信广大学生和英语学习者一定会从中获益匪浅。

陈德彰

2010 年 10 月

丛书总序一

那是一个春寒料峭的日子，中国宇航出版社的策划编辑战颖找到我，要我负责主编一套世界经典名著的导读和注释丛书，想请我邀北外的一些老师加入到这一工作中来。我看了她给我的书单后，心中不由地一动，多么熟悉的书名啊，这些经典名著的英文版和中文版是伴我度过大学时期的重要精神食粮之一。因为在我的大学时代，校园里不像现在这样充斥着浮躁的气氛，而是一种宁静的读书氛围，我们读古诗词、现代抒情诗、三毛的散文、席慕蓉的散文和诗歌、罗兰的小品文等，而我们这些英语专业的学生当然还要阅读英文经典名著，不是老师布置的作业，而是主动为之。时至今日，这些经典中的主人公形象依然留在自己的脑海中，这些经典中的故事情节依然让人心潮澎湃。所以，我禁不住想答应下来。可是，经验告诉我，为英语读物作注释，尤其是为英文原版小说作注释，看起来或听起来是一件简单的事情，而真正做起来却是耗时、费力的工作，因为文学著作的注释不是简单的单词注释，还有很多地名、人名、历史事件、文化典故等诸多百科全书式的东西要为读者解释出来。作长篇巨著的注释更是很多人望而却步的事情，所以对能否邀请到一些同事从事这一工作我有些不敢确定。虽然我本人愿意为经典的传播、为读者的阅读提供自己的一点见解和帮助，可个人的力量毕竟是有限的。因此，当时我犹豫了，但对经典名著的情结又让我对这一工作难以割舍。于是，我跟战颖编辑说，我先询问一下看有多少人愿意去做这件事。让我欣慰的是，我找到了几个如我一样热爱文学的同事，他（她）们表示愿意承担这样的工作。于是，“我的心灵藏书馆”丛书的导读和注释工作从此拉开序幕。而现在，就在我写这篇总序的时候，北京正由深秋迈向寒冬，外面刚刚下过一场秋雨，天还是阴阴的，冷冷的，可面对完成的一本本书稿，我

心里依然是春天般的温暖。

文学是人性和社会的一面镜子，又是滋养人心灵的沃土，优秀的文学作品又给人以思想的启迪和审美的愉悦。无论哪个年代，阅读文学的人都不会孤独，不会空虚。具体说来，文学首先具有审美价值。阅读一部文学作品，读者首先是通过各种风格的语言、曲折的情节和人物的艺术形象等获得一种审美体验。读者可以融自己的想象于阅读过程当中，从而使自己的体验得到美的升华。其次，文学具有社会现实价值。任何文学作品的创作都离不开其所在的时代和社会，是时代和社会现实的重要体现。通过阅读文学作品，读者从其中的人物性格、命运及家庭、社会环境的发展脉络可以窥见人的本质和社会现实。第三，文学具有文化意义。通过阅读经典名著，可以领略到作品透射的文化背景，从而丰富历史、地理、宗教、风俗等百科全书式的知识。尤其是一些经典名著，无论从上述哪个方面讲，都是人类不可或缺的精神食粮。

中国宇航出版社之所以选择《简·爱》《呼啸山庄》《飘》《傲慢与偏见》《老人与海》《欧·亨利短篇小说精选》《鲁滨逊漂流记》《瓦尔登湖》《理智与情感》《了不起的盖茨比》等作为“我的心灵藏书馆”系列的第一批入选书目，是基于这些经典不朽的主题和魅力。可以说，以上名著是对世界各国读者影响最为深远和最为广泛的经典作品，其形象塑造、语言艺术、情节设计、思想意义等从著作诞生那时起时至今日，已经影响和启迪了一代又一代的读者，这些著作的情节和人物塑造在中国读者群中享有很高的赞誉，给中国读者留下了深刻的印象。《简·爱》通过简·爱与罗切斯特的爱情故事，塑造了简·爱这样一个追求个性自由、主张男女平等的独立女性形象；《呼啸山庄》使用现实主义、浪漫主义、象征主义等表现手法讲述了希刺克厉夫和凯瑟琳的真挚而最终走向悲剧的爱情故事，塑造出希刺克厉夫这样一位由爱生恨、具有极度反叛精神的人物形象；《飘》以美国南北战争前后的南方佐治亚州为背景，以一个种植园主的女儿郝思嘉为核心人物，通过几个家族的兴衰变化反映了美国南方各州在这一重要历史时期的社会现实；《傲慢与偏见》通过伊丽莎白和达西的故事以及其他几个人的爱情故事，揭示出傲慢与偏见是生活中常见的弱点，只有加深了解，才能有更客观的认识，以及婚姻应以爱情为基础这样看似平凡却又非常深刻的道理；《老人与海》用简约的风格塑造出一个真正的硬汉形象，告诉人们“人可以被毁

灭，但不能被打败”的人生哲学；欧·亨利的短篇小说亦庄亦谐，很多故事从小处着眼，却塑造出不同阶层的人物形象，尤其是下层人民的形象，读来不免发人深思；《鲁滨逊漂流记》通过写实的手法塑造出鲁滨逊这样一位理想的资产阶级英雄形象；《瓦尔登湖》用幽默、睿智、优美的语言揭示出深刻的人生和社会哲理；《理智与情感》通过两位女主角的婚事波折揭示了当时英国社会中以婚配作为女子寻求经济保障和提高社会地位，却不重视女子情感和权利的陋习；《了不起的盖茨比》描写了主人公盖茨比与黛西的爱情悲剧，揭示了“美国梦”的破灭。当然，这些经典名著的意义不是一两句话就能概括出来的，只有真正走进去，沉浸其中，才能真正感受到文学的魅力。

通过阅读英语名著学英语一直以来被公认为行之有效的学习方法，也是经过了数代人的实践得出来的真理。因为名著的语言一般比较规范和地道，即人们经常说的“原汁原味的英语”。因此，阅读这些著作对形成英语的语感大有裨益。同时，阅读名著可以扩大词汇量，丰富百科知识，有助于增进对英语国家的了解。而本套丛书可谓“精华中的精华”，阅读这些书籍，读者一方面会沉浸于文学的殿堂中，感受书中的情节美、人物形象塑造美以及语言艺术美，提高文学的素养，同时又在不知不觉中浸染在“原汁原味”的英语当中，提高英语的表达能力和丰富英语文化知识。当然，对有些读者来说，阅读名著很多时候会存在一定的难度或遇到一些词汇、句法或背景知识的障碍，这时读者不免会产生一种“受挫感”。而本套丛书的注释正是为了帮助读者克服这样的“受挫感”，使读者不必阅读简易读物就能直接进入到原著气势恢宏的“殿堂”当中，定会愉快地将文学欣赏与英语学习有效地结合在一起。

本套丛书的原文大部分参考美国企鹅出版集团出版的“企鹅经典丛书”（Penguin Classics）和英国华兹华斯出版公司出版的世界名著系列（Wordsworth Classics）两种版本进行校对。本套导读与注释丛书的目的是想帮助读者更好地阅读和理解原版英文名著。具体说来，一方面可以使读者在阅读原著的过程中提高自己的英文语言水平，另一方面可以拉近读者与英文原著的距离，使读者更好地体会英文原著所传达出的各种信息，从而更好地欣赏原著。注释的原则和内容如下：（1）生词。本套丛书注释的单词基本为大学英语四级以上的词汇，同时各位注释作者也会根据自己的教学经验适当地

进行取舍，但总体原则是注释的单词“宜多不宜少”。同时为一些常用单词提供一个短语或句子做例子，并给出了这个短语或句子的翻译，从而更好地说明单词的用法。考虑到读者第二次遇到一个生词后，可能会忘记前面已有的注释，所以一些单词有重复注释的现象。(2) 短语。英语短语的掌握对应用这门语言起着非常重要的作用，因此本套丛书的注释中没有忽视短语的注释，有些短语是读者熟悉的，有些是不熟悉的，读者通过这些短语的注释能够做到“温故知新”。重要和常见的短语后面一般均提供例句及其翻译，便于读者进一步巩固和学习这些短语的用法。(3) 专有名词。由于丛书所包含的著作涉及不同国家（尤其是英美国家）的不同历史时期和不同地点，因此注释也考虑到了其中的地名、人名、历史事件名等（个别虚构的地名和人名除外），对这些名称一般提供简短的说明。可以说，这一部分对丰富读者的地理和历史知识很有帮助，同时能帮助他们更好地把握著作的内容和写作背景。(4) 文化知识。这部分主要包括成语典故、宗教知识、引用等，对这些文化知识一般先注明其来源，然后提供简短的说明，从而使读者在阅读名著的过程中对英语的成语典故、宗教知识、名言警句等有一定的了解。(5) 复杂句。本套丛书中的著作有的风格简约，句式比较简单，有的则包含很多长句或复杂句。注释者根据自己的经验，对一些可能会让读者费解的句子首先稍作分析，然后提供译文。为有效利用已有的名著翻译成果，这些长句的译文大多数参考了现成的权威译文，标明出处；有些译文由注释者进行了改动，以使其更加忠实和通顺。(6) 黑人英语和非标准英语。名著中必然会出现一些对话，为了刻画人物的形象，一些作者会根据人物的身份或阶层使用非标准英语或黑人英语。注释中原则上提供这些非标准英语或黑人英语的标准表达法，个别地方给出了中文。除以上几点外，注释中还对一些精彩句和话语的隐含意义进行了注释，提供了汉语译文，同时还有个别地方注释了与上下文的联系。

值得一提的是，本套丛书导读和注释的团队成员均来自北京外国语大学，是教学经验极其丰富的一线骨干教师，长期从事英语精读、泛读（其中很重要的一部分就是指导学生阅读英语名著）、文学、翻译、语言学等教学和研究工作，均有着深厚的文学和语言功底。可以说，团队的每个成员都是读着这些以及更多英语名著成长的过来人，而且不少还都在继续研读这些经典著作。正如我在开篇所说，

为名著作导读和注释是一件听起来容易、做起来相当耗神和耗时的工作，但是各位同仁本着对文学的热忱和对读者负责的态度，按预期的速度高质量地完成了这项工作，在此对他（她）们谨致谢意！

在本套丛书完稿之际，北京外国语大学陈德彰教授欣然提笔，为本套丛书撰写了寄语，这是对我们这个团队莫大的鼓励。同时，感谢中国宇航出版社为我们提供了这样一个为读者服务的机会，感谢策划编辑战颖女士提供的各项协助工作！

希望本套丛书提供的导读和注释能给广大的英语爱好者、英语学习者、英语文学爱好者和英语文学学习者提供一定的帮助，使读者朋友更轻松、更有信心地穿越时空，与经典名著进行心灵的对话和沟通。当然，由于时间紧迫，任务繁重，导读和注释中难免出现纰漏或疏忽之处，敬请广大读者予以谅解，并不吝赐教！

彭萍

2010年深秋

于北京海淀世纪城平心斋

丛书总序二

“我的心灵藏书馆”导读和注释丛书第一批10本面世以来，受到了读者的热烈欢迎。读者普遍反映，这套丛书不仅汇集了真正的经典名著，更重要的是降低了中国学生阅读国外原版名著的门槛。每当阅读到困惑之处时，这个版本都给出了恰到好处的注释，就好像一个耐心的老师随时等待亲爱的读者提出疑问并作出回答。而且，整套丛书无论是封面设计还是装帧工艺都堪称一流。可以说，本套丛书不仅具有帮助读者学习英语、提高文学修养的实用价值，还具有特别的文学收藏价值。在这个人人谈论和阅读电子书的时代，“我的心灵藏书馆”真正是一套可以带给读者阅读享受的好书，是世界名著纸本书的经典呈现，是值得收藏的珍贵版本。每当在网络上或者书店中看到、听到读者对该套丛书的青睐与好评，我们这一导读和注释团队就会感到读者的巨大热情与信任。为了让广大读者能走进更多的名著，熟悉更多的作品，后续15部英文经典名著经过10余名老师近一年的努力，现即将出版。希望这15部英语经典名著及其导读和注释能一如既往地给予读者阅读上的愉悦和学习上的帮助。

此刻，我审阅着一本本的书稿，回忆着这些经典名著的情节，一个个鲜活的人物形象在我的脑海中逐渐清晰起来，向我展示着不同时代、不同背景下的人性及社会生活。优美的语言，错综复杂的故事情节，注释者细致的注释和讲解，使我在心中油然升起一种美的享受，犹如窗外的秋叶、湛蓝的天空和午后的暖阳，让我的心变得越来越温暖……

第二批丛书包括《名利场》《莎士比亚故事集》《一九八四》《查泰莱夫人的情人》《小妇人》《马克·吐温短篇小说精选》《杰克·伦

敦小说精选》《嘉莉妹妹》《红字》《泰戈尔作品集》《茶花女》《苔丝》《格列佛游记》《永别了，武器》和《夜色温柔》。这些著作都是脍炙人口的作品，在世界文学中占据着重要地位。其主题分别可以概述如下：《名利场》通过蓓基·夏泼的钻营史和爱米丽亚与乔治的罗曼史，真实地描绘了1810—1820年摄政王时期，英国上流社会没落贵族和资产阶级暴发户等各色人物的丑恶嘴脸及弱肉强食、尔虞我诈的人际关系。《莎士比亚故事集》是英国散文家查尔斯·兰姆和姐姐玛丽·安妮·兰姆两人用叙事体散文编写的20个莎士比亚戏剧故事，希望读者通过这20个故事对原著产生兴趣，从而走进莎士比亚的戏剧世界，领略其中独一无二的丰富宝藏。《一九八四》通过对大洋国一名英格兰社会主义党的普通外围党员温斯顿·史密斯个人生活的细致入微、栩栩如生的刻画，向世人展示了一个令人感到窒息和恐怖、以追逐权力为最终目标的假想未来社会的景象。《查泰莱夫人的情人》讲述了贵族阶级的康斯坦斯·查泰莱夫人和在她丈夫领地上的守林员麦勒斯之间的爱情故事，反映出劳伦斯对阶级、人性和情感关系的思考。《小妇人》以美国南北战争期间马奇一家及其四姐妹的生活为描写对象，讲述了她们对自强自立精神的追求、对于家庭的眷顾和对爱情的忠诚。《马克·吐温短篇小说精选》汇集了美国讽刺小说家马克·吐温优秀的短篇小说，读者可以从作品轻松嬉笑的外表下，窥见作者对社会和人性的严肃批判。《杰克·伦敦小说精选》描述了人与自然之间的严酷搏斗，以及人与人之间错综复杂的社会关系，体现了杰克·伦敦对达尔文的“适者生存”，以及斯宾塞的社会达尔文主义的推崇。《嘉莉妹妹》通过农村姑娘嘉莉在大城市的经历，揭露了20世纪初美国人狂热追求美国之梦的悲剧事实，说明在以金钱为中心的资本主义社会里人们不可能有真正的幸福。《红字》一书以17世纪中叶的新英格兰为背景，通过对三个主要人物的思想矛盾和生活悲剧的描写，揭示了人性、社会、宗教压迫等各方面的图景。《泰戈尔作品集》共包括六个诗集：《飞鸟集》《新月集》《园丁集》《采果集》《吉檀迦利》和《流萤集》。这些诗集或讴歌灵魂，或赞颂生命，或描叙爱情，或充满宗教和哲学的精神，或表达赤子之情，其文字清澈隽永，描写细腻深刻，意象奇崛美妙，对20世纪世界文坛产生过深远而广泛的影响。《茶花女》通过阿尔

芒和玛格丽特的爱情故事，使读者看到了浪漫主义的背后是现实的冷酷无情。《苔丝》通过农村姑娘苔丝曲折多变的命运和连连受挫的爱情，揭露了资产阶级虚伪的社会道德，强烈谴责了19世纪末资本入侵农村给农民带来的毁灭性打击。《格列佛游记》假托主人公格列佛医生自述他数次航海遇险，漂流到小人国、大人国、飞岛国和慧骃国几个童话式国家的遭遇和见闻，全面讽刺、揶揄了英国的社会现实。《永别了，武器》通过一个美国青年和一个英国女护士在一战中的恋爱悲剧，真实地描绘了战争的残酷和罪恶，以及战争给人造成的难以愈合的心理创伤。《夜色温柔》描写的是一位出身寒微但才华出众的青年对富有梦幻色彩的理想的追求，但他最终遭到失败，从而变得颓废消沉，暗示了"美国梦"的破灭。

以上15部经典名著的导读和注释一如从前，其主要目的就在于帮助读者更好地阅读和理解英文原版名著。同时，我们在第一套书重印、再版时又进行过认真审读，也经常关注网络上读者对这套书的评论。在编写第二套书时，将从第一套书中获得的实践经验和读者的宝贵意见融入编写过程，使第二套书达到了更好的服务读者的效果。时刻想着读者，让广大英语文学爱好者能够从我们的注释版名著读物中真正学到实用的知识，轻松读懂大部头文学佳作，是我们衷心的希望。

本次导读和注释的团队成员均来自北京外国语大学，在第一套丛书导读和注释队伍的基础上增加了四名教师，和原有的队伍一样，她们都是北外的骨干教师，有着极其丰富的教学经验，长期从事英语精读、泛读（其中很重要的一部分就是指导学生阅读英语名著）、文学、翻译、语言学等教学和研究工作。可以说，团队的每个成员都是读着这些著作以及更多英语名著成长的过来人，而且不少还都在继续研读这些经典著作。当然，为名著做导读和注释是一件听起来容易、做起来相当耗神和耗时的工作，但是各位同仁本着对文学的热忱和对读者负责的态度，按预期的速度高质量地完成了这项工作，在此本人对他们谨致谢意！感谢北京外国语大学陈德彰教授为本套丛书撰写寄语，这是对我们这个团队莫大的鼓励，感谢中国宇航出版社为我们提供了这样一个为读者服务的机会，感谢中国宇航出版社外语编辑二室提供的各项协助工作！

希望本套丛书提供的导读和注释能一如既往地为广大的英语爱

好者、英语学习者、英语文学爱好者和英语文学学习者提供一定的帮助，使读者朋友更轻松、更有信心地穿越时空，与经典名著进行心灵的对话和沟通。当然，由于时间紧迫，任务繁重，导读和注释中难免出现纰漏或疏忽之处，敬请广大读者予以谅解，并不吝赐教！

彭萍

2011年仲秋

于北京海淀世纪城平心斋

丛书总序三

2016年4月23日是莎士比亚去世400周年、诞辰452周年的日子，世界各地都在举行这样或那样的纪念活动，莎士比亚的故乡尤甚。英国王储查尔斯王子亦到斯特拉福德观看表演，并向莎士比亚的墓地敬献花环。莎士比亚环球剧院全年排演莎翁经典剧目，从4月起至秋季，剧院会陆续上演《仲夏夜之梦》《驯悍记》《麦克白》《辛白林》《维洛那二绅士》《威尼斯商人》等剧目，据说该剧院2016年将举办30多场莎翁纪念活动。另外，全球140多个国家将参与由英国文化协会（British Council）与“GREAT英国推广活动”（GREAT Britain Campaign）组委会推出的“永恒的莎士比亚”（Shakespeare Lives）纪念活动。就在莎士比亚的故乡为这位伟大的戏剧家举办纪念活动时，中国也毫不例外。话剧院、出版社、莎士比亚的读者都以自己的方式纪念着这位剧作家。一切的纪念活动进一步显示了莎士比亚在英国文学史乃至世界文学史上的地位。而“我的心灵藏书馆——莎士比亚系列”导读与注释丛书也正是对莎士比亚的献礼，也为广大读者纪念莎士比亚、阅读他原汁原味的作品提供了一定的帮助。

威廉·莎士比亚（William Shakespeare）于1564年4月23日出生于埃文河畔的斯特拉福德（Stratford-upon-Avon），其父曾任斯特拉特福镇的民政官和镇长。威廉作为长子，曾被送到当地的文法学校学习拉丁文和古代历史、哲学、诗歌、逻辑、修辞等，但13—14岁，由于其家道中落，威廉曾辍学帮助父亲料理生意。1582年，也就是18岁那一年，莎士比亚与比自己大八岁的安妮·哈瑟维（Anne Hathaway）结婚，两人共生育了三个孩子：苏珊娜、双胞胎哈姆雷特和朱迪思。1590年至1613年这20多年的时间里，莎士比亚在伦敦开始了跟戏剧相关的职业生涯。当时，他既是演员，更是剧作家，

还是宫内大臣剧团（Lord Chamberlain's Men）的合伙人之一，宫内大臣剧团后来改名为国王剧团（King's Men）。这一时期也是莎士比亚创作的黄金时期，大量的作品就在这一时期问世。1613年左右，莎士比亚退休回到埃文河畔斯特拉特福，于1616年4月23日逝世。

莎士比亚是英国文学史上最杰出的戏剧家，也是全世界最卓越的文学家之一。他流传下来的作品包括37部戏剧、两首叙事长诗（《维纳斯和阿都尼》和《鲁克丽丝受辱记》）和154首十四行诗。其中，两首叙事诗为莎士比亚在上流社会和文坛赢得了重要的名声，也为他的进一步创作做了最好的准备。154首十四行诗中，前126首是献给一位年轻的贵族（Fair Lord）的，诗人热烈地歌颂了这位朋友的美貌以及他们之间真挚的友情；第127首至最后是献给一位“黑女士”（Dark Lady）的，描写了热烈的爱情。《十四行诗》出版于1609年，但每一首诗的写作年份并不确定，评论家们认为这些诗歌是对爱、性欲、生殖、死亡和时间的深刻思索。

当然，莎士比亚影响力最大的文学成就还是他创作的戏剧。莎士比亚的戏剧创作可分为三个时期。第一个时期是1590—1600年，这一时期称为历史剧、喜剧时期，代表作包括历史剧《亨利四世》上下篇和《亨利五世》、喜剧《威尼斯商人》《皆大欢喜》《第十二夜》。这些戏剧的基调都是明朗、欢快和乐观的。其中历史剧的核心是主张国家的统一，歌颂开明的君主。喜剧主要在于歌颂爱情和友谊，歌颂人文主义理想，其中人文主义的代表人物形象大都性格开朗，对人热情，表现勇敢，故事的结局往往是恶人悔过自新，好人宽宏大量，最后皆大欢喜。第二个时期是1601—1607年，这一时期是悲剧创作时期，其中《哈姆雷特》《奥赛罗》《李尔王》《麦克白》这四大悲剧以及《雅典的泰门》等就是在这一时期创作完成的。当时，由于英国社会的变化，尤其是随着伊丽莎白一世与詹姆士一世之间的政权交替，英国社会的矛盾和丑恶现象日益暴露出来。时代的变化以及莎士比亚本人思想和艺术的日渐成熟，使其人文主义理想同社会现实发生激烈的碰撞，于是其创作由早期的赞美人文主义理想转变为对社会黑暗的揭露和批判，作品充满了悲愤、阴郁的情绪，对现实的严峻批判成为主要脉络。以上四大悲剧无不显示了这一点，其中牺牲、复仇、嫉妒、争斗、阴谋成为最明显的主题。当然，虽然这一时期莎士比亚戏剧的基调是阴郁悲愤的，但其中塑造的形

象却更加丰满，运用语言的技巧也更加成熟。第三个时期是1608—1612年，这一时期是传奇剧创作时期，代表作包括《辛白林》《冬天的童话》《暴风雨》等，也许正是剧作家对现实的认识愈加深刻，其理想与现实的矛盾就愈发尖锐和激烈，于是其创作就从现实世界转入了幻想的童话世界，试图借助超自然的神奇力量来解决理想与现实之间的矛盾。这一时期的作品洋溢着宽恕与和解的精神，充满了美丽的幻想和浪漫的情调。

400多年来，莎士比亚作品的影响力经久不衰，究其原因，主要有以下几点。首先，莎士比亚通过多样的体裁和题材塑造了多样的人物。从喜剧到悲剧，从历史剧到传奇剧，从叙事诗到抒情诗……都成为莎士比亚显示天才的文学范式。从宫廷和贵族生活写到市井民间的生活，从国内各阶层的现状以及各种斗争写到国与国之间的关系，从凡尘俗世写到大自然乃至仙灵境界，从浪漫的爱情和人的七情六欲写到战争与哲理……所有这一切都显示出莎士比亚广阔的视野。莎士比亚戏剧中塑造的人物形象涵盖了社会各个阶层，从帝王将相到凡夫俗子再到才子佳人，各种形象栩栩如生。剧中的主人公们有的哀叹，有的高歌；有的沉郁，有的乐观；有的高尚，有的卑鄙；有的富有智慧，有的懵懂无知……不仅在舞台上让人感觉“大千世界，无奇不有”，就连读者在阅读脚本时也会在眼前浮现出各种各样的人物形象，让人禁不住拍案叫绝。其次，莎士比亚的语言极其生动，富有感染力。莎士比亚的戏剧大多以诗的形式写成，但又不是枯燥乏味的抒情、叙述或说教，而是具有极高的娱乐性和良好的舞台效果，同时也具有启发意义和怡情的作用。这是莎士比亚善于使用各种表达方式所产生的奇特效果，莎士比亚的词汇非常丰富，有学者用电脑统计其用词量高达43 566个，涉及天文、地理、动植物、历史、神话、典故、生活、心理活动等各个方面。同时，莎士比亚还善于使用各种修辞手法，包括比喻、拟人、夸张、设问、反复、头韵等，这些修辞手法生动地塑造了人物形象，恰当地描述了当时的情景，细致入微地剖析了人物的内心世界。庞杂的词汇，多样的修辞，至今依然让读者和作家们顶礼膜拜。而且，莎士比亚使用的句式结构也相当灵活，充分显示了剧作家的语言功底。第三，莎士比亚的戏剧在很大程度上传达出了当时的文化精神。莎士比亚生活在西方社会从中世纪的禁欲时代走向文艺复兴思想解放的重要时期，这一时期正是西方思想发生重大变化的时期。欧洲的中世纪

是个“黑暗的时代”(Dark Age)，基督教教会是人们唯一的精神支柱，它建立了一套严格的等级制度，把上帝当成绝对的权威。所有的人文学科，包括文学、艺术、哲学，均要遵照《圣经》的教义，否则就会招致宗教法庭的制裁，甚至处以死刑。在这样的背景下，文学艺术死气沉沉，科学技术停滞不前，黑死病又在欧洲蔓延。但从11世纪开始，随着资本主义在意大利的萌芽，经济得到一定的发展，城市逐渐兴起，人们的生活水平得到提高，不少人开始改变以往对现世生活的悲观绝望态度，转而追求世俗人生的乐趣。14世纪意大利最先出现了对基督教文化的反抗，表达对基督教神权的厌恶和对禁欲主义的不满，一批知识分子希望借助复兴古代希腊和罗马文化来表达自己的文化主张，摆脱教会对文化的束缚，“文艺复兴运动(Renaissance)”应运而生。“文艺复兴运动”的核心概念就是人文主义精神（或叫做人本主义）。在人文主义概念中，人是万物的中心，是现实生活的创造者，拥有自己的价值和尊严，人生的目的在于追求现实生活的幸福和个性解放。这时的欧洲摆脱了几百年的禁欲束缚，社会犹如决堤的江河，欲望的闸门一旦打开，就有一发不可收拾之势。而莎士比亚正是这个时代的弄潮儿，他迎合了当时人们对娱乐的追求，歌颂人的智慧与善良，主张重用智勇双全的新贵，反对贵族、教会势力和对权力的贪欲，提倡国家富强、百姓安居乐业。这一切也正如莎士比亚本人所说：“仿佛要给自然照一面镜子，给德行看一看自己的面貌，给荒唐看一看自己的姿态，给时代和社会看一看自己的形象和印记。”由于莎士比亚的创作题材极其丰富，对后来的启蒙主义、浪漫主义、现实主义等都产生了不同程度的影响。马克思也称莎士比亚是“人类最伟大的天才之一，人类文学奥林匹斯山上的宙斯”！恩格斯甚至指出：“单是《温莎的风流娘儿们》的第一幕就比全部德国文学包含着更多的生活气息。”所有这一切也都进一步加强了莎士比亚对后世的影响。

“我的心灵藏书馆”本次收进的九部莎士比亚戏剧正是莎士比亚最具影响力的代表性戏剧，包括了四大悲剧《哈姆雷特》《奥赛罗》《李尔王》《麦克白》和四大喜剧中的《威尼斯商人》《仲夏夜之梦》《第十二夜》，另外选取了为中国人所熟悉的爱情悲剧《罗密欧与朱丽叶》和有时也被列为四大喜剧之一的《无事生非》（通常将《皆大欢喜》和前面三大喜剧列为四大喜剧）。其中，《哈姆雷特》的主要情节是：叔叔克劳狄斯谋害了哈姆雷特的父亲，篡取了王位，并娶了国王的

遗孀乔特鲁德，而哈姆雷特王子因此为父王向克劳狄斯复仇。《奥赛罗》的主要故事情节是：威尼斯的勇将奥赛罗与元老的女儿苔丝狄梦娜相爱，在婚事受阻的情况下两人只好私下成婚，奥赛罗手下阴险的旗官伊阿古一心想除掉奥赛罗，便向元老告密，却不料促成了两人的婚事，但伊阿古又挑拨说另一名副将凯西奥与苔丝狄梦娜关系不同寻常，并伪造了所谓定情信物等，这让奥赛罗信以为真，在愤怒中掐死了自己的妻子，可后来他得知真相，便悔恨自刎，倒在了苔丝狄梦娜身边。《李尔王》讲述了年事已高的国王李尔王退位后，被大女儿和二女儿赶到荒郊野外，成为法兰西皇后的三女儿率军救父，却被杀死，李尔王伤心地死在她身旁。《麦克白》的主要情节是：麦克白在夫人的怂恿下谋杀国王邓肯之后做了国王，为掩人耳目和防止他人夺位，他又杀害了邓肯的侍卫以及有关的一些人物，可是恐惧和猜疑使麦克白心里越来越有鬼，也越来越冷酷，这时麦克白夫人因精神失常而自杀。在众叛亲离的情况下，麦克白面对邓肯之子和他请来的英格兰援军的围攻，落得被杀头的下场。在《威尼斯商人》中，威尼斯商人安东尼奥为给朋友巴萨尼奥的婚事凑钱，便向犹太高利贷者夏洛克借钱，于是二人之间围绕割一磅肉的诉讼产生冲突，最后由巴萨尼奥的未婚妻鲍西亚女扮男装英明地判决了这一诉讼案件，夏洛克害人不成反而失去了财产，还被迫改变宗教信仰。《仲夏夜之梦》的故事发生在仲夏夜晚，两对恋人为了对抗一道荒谬无比的律法而出逃，当他们逃往林子后，精灵的介入使彼此爱的对象混淆，但一阵混乱之后，众人终于恢复理智与和谐。《第十二夜》中，伊利里亚公爵奥西诺向奥丽维娅小姐求爱屡遭拒绝，一对孪生兄妹航海到伊利里亚时在附近海上遇难，妹妹薇奥拉改扮男装，到奥西诺公爵家中做侍童，并充当了代奥西诺向奥丽维娅小姐求爱的使者，奥丽维娅对女扮男装的薇奥拉一见钟情，而薇奥拉却偷偷爱上了公爵。后来，奥丽维娅碰巧遇上薇奥拉的孪生兄长西巴斯辛，两人将错就错地结成夫妇，而公爵和薇奥拉也终成眷属。《罗密欧与朱丽叶》的故事对我国很多读者来说都是非常熟悉的，讲述的是罗密欧与朱丽叶因家庭矛盾而遭遇的爱情悲剧，最后双方殉情而死。《无事生非》的主要故事情节是：克劳狄奥向希罗求婚，得到希罗父亲的许可，但在婚礼上，阿拉贡亲王的庶弟约翰由于嫉妒和无聊捏造谗言，致使克劳狄奥上当受骗，以为希罗是不贞洁的女子而当面侮辱希罗，差点致希罗于死地。希罗的堂姐贝特

丽丝想出计谋，让希罗假死然后查出真相，后来骗局被揭穿，克劳狄奥与希罗重归于好。以上戏剧故事情节大多错综复杂，引人入胜，每一个故事都塑造了多个主要形象，表现出不同的人对爱情、金钱、权力、物质的不同态度，更表现出这些不同态度对人生走向产生的影响。总之，四百年来，莎士比亚的戏剧在世界范围内的影响无法估量。许多领袖、作家、导演、艺术家、作曲家和演员都曾拜读过莎翁作品，从中汲取灵感并思考自己的人生与所处的时代。

总之，莎士比亚是英国文艺复兴时期最重要的文坛巨匠，他的戏剧自诞生之日起就受到读者和观众青睐，400多年一直未曾离开人们的阅读和观赏视线，更没有离开过文学评论家和戏剧研究者的研究视线，因此流传着“说不尽的莎士比亚”这一说法。在中国，莎士比亚的译介主要开始于20世纪初期。早在1903年，上海达文社出版《英国索士比亚澥外奇谭》，包括10个莎剧故事；1904年，林纾与魏易合作译出《英国诗人吟边燕语》（下文简称《吟边燕语》），包括莎剧故事20个。上述二译本皆为兰姆姐弟著的《莎士比亚故事集》的故事梗概。五四运动以后，田汉是第一个翻译莎士比亚原作的人，分别于1921年和1924年译出《哈孟雷特》和《罗密欧与朱丽叶》。梁实秋于1930年开始翻译莎士比亚，到1967年译完并出版《莎士比亚全集》（戏剧37卷），三年后，又翻译出莎士比亚诗集三部。提到莎士比亚翻译，不得不提的便是朱生豪。他于1935年春开始收集和研究莎剧各种版本、诸家注释和有关资料，到他生命终结的1944年底，以顽强的精神译出莎剧31部半。20世纪30—50年代，曹未风、孙大雨、卞之琳、吴兴华、方平等都曾翻译了莎剧。法国作家纪德（Gide）是最理解莎士比亚的法国作家之一，他认为“没有任何作家比莎士比亚更值得翻译”。为纪念莎士比亚逝世400周年，北京大学辜正坤主持了莎士比亚第一对开本的翻译工作，许渊冲、彭镜禧等目前华语翻译界和莎剧研究界的诸多知名学者也参与了翻译。该对开本的原文以英国皇家莎士比亚剧团（Royal Shakespeare Company）对莎士比亚第一对开本300多年来首次全面修订后的版本为蓝本。与众多莎士比亚中译本相比，全新的译本尽量呈现给读者原作的整体风格，以诗体译诗体，以散文体译散文体，并在传承现有中译本的基础上，根据新时代读者的审美趣味增强中译本的可读性。辜正坤在提到新译本时说，要将莎士比亚还原成一个诗人。

"我的心灵藏书馆"本次收进的九部莎士比亚戏剧导读与注释版旨在帮助读者读懂原汁原味的莎士比亚。注释部分对一些词汇(尤其是莎士比亚时期的英语词汇)、短语、古英语形式、典故、地名等进行了注释，对一些修辞手法和写作风格进行了说明，对一些优美的句子和难懂的句子进行了分析，并提供相应的中译文(大多来自朱生豪和梁实秋的译本)。词语的解释部分基本参照了德国人亚历山大·施米特(Alexander Schmidt)编写的《莎士比亚词典》和我国文学界学者刘炳善编写的《英汉双解莎士比亚大辞典》。导读部分对相应的戏剧故事情节、人物、语言、主题思想等进行了分析，以帮助读者更好地把握作品的全貌。

需要特别指出的是，为莎士比亚戏剧提供导读和注释并非轻松容易之事，因为莎士比亚的英语毕竟不是现代英语，它要求注释者本人具有深厚的文学功底和素养以及熟练的英语基本功，还需要静下心来细细地咀嚼和玩味，因此，注释者要耗费大量的时间和精力。在今天这样一个浮躁的时代，几位注释者能够选择接受这样一份工作实属难能可贵，在此深表感谢和敬意。也感谢中国宇航出版社为我们提供了一个向广大读者展示原汁原味莎士比亚戏剧并向莎翁逝世四百周年纪念献礼的机会。当然，由于时间仓促，莎士比亚的语言与我们又有着如此遥远的时空距离，导读和注释难免存在一定的纰漏和不足，恳请广大读者给予谅解，并不吝赐教。

彭萍

2016年阳春三月

于北京海淀世纪城平心斋

导读

卡里·纪伯伦（Kahlil Gibran）1883年生于黎巴嫩，被誉为20世纪阿拉伯新文学道路的开拓者之一、黎巴嫩的文坛骄子，甚至有人称赞他为“上帝的先知于其身复活”。作为哲理诗人和杰出的画家，纪伯伦和泰戈尔一样，都是近代东方文学走向世界的先驱，二人被并称为“站在东西方文化桥梁上的巨人”。同时，以纪伯伦为中坚力量形成的阿拉伯第一个文学流派——叙美派，即“阿拉伯侨民文学”，成为全球闻名的东方流派。纪伯伦以创作小说开始，19世纪20年代开始创作散文和散文诗，其作品中彰显了丰富的社会性和东方精神，抒发了丰富的情感，蕴含了许多深刻的人生哲理。本书中收录了纪伯伦最主要的三部作品《先知》《沙与沫》和《泪与笑》中的部分诗歌与散文。

纪伯伦出生在黎巴嫩北部著名的“圣谷”附近的贝什里村，故乡高耸的群山与秀美的风光赋予了他艺术的灵感。12岁时，由于不堪忍受奥斯曼帝国的残暴统治，纪伯伦的母亲带他前往美国，在波士顿唐人街过着清贫的生活。1898年，15岁的纪伯伦只身返回祖国学习民族历史文化，了解阿拉伯社会。少年纪伯伦在贝鲁特的“希克玛（睿智）”学校学习阿拉伯语、法语和绘画，学习期间，曾创办《真理》杂志，态度激进。1908年发表小说《叛逆的灵魂》，惹怒当局，次年回到美国纽约从事文学艺术创作活动，直至逝世。从20世纪20年代起，纪伯伦的创作由小说转向散文和散文诗，陆续发表了散文《音乐短章》（1905）、《花之咏》、《我的心灵告诫我》以及散文诗集《先驱者》（1920）、《先知》（1923）、《沙与沫》（1926）、《人之子耶稣》（1928）、《先知园》（1931）、《流浪者》等。纪伯伦在青年时代基本使用阿拉伯语创作，定居美国后逐渐转用英语创作。在短暂而辉煌的一生中，纪伯伦饱经颠沛流离、痛失亲人、爱情波折、

债务缠身与疾病煎熬等多重苦难，尽管如此，他的众多作品展现出他卓越的创作才华和艺术才华，罗丹曾经评价纪伯伦说：“这个阿拉伯青年将成为伟大的艺术家。”

纪伯伦是一位怀有深深爱国忧民情怀的艺术家。在生命的最后岁月，他写下了传遍阿拉伯世界的诗篇《朦胧中的祖国》。他曾说：“整个地球都是我的祖国，全部人类都是我的乡亲。”他反对愚昧和陈腐，热爱自由，崇尚正义，敢于向暴虐的权力、虚伪的圣徒宣战；他不怕被骂作“疯人”，呼吁埋葬一切不随时代前进的“活尸”；他反对无病呻吟，夸夸其谈；主张以“血”写出人民的心声。

纪伯伦的诗风和画风一样，都受英国诗人威廉·布莱克（1757—1827）的影响，所以，文坛称他为“20世纪的布莱克”。纪伯伦的文学创作随着人生的前行而逐渐成熟，他的作品根据思想和语言特点的不同可以分为三个阶段，即“浪漫阶段”“激情阶段”和“哲理阶段”。在浪漫阶段，纪伯伦在《组歌·浪之歌》中赋予了海浪和雨各式各样的形态，书写了众多具有浪漫主义色彩的形象；在“激情阶段”，纪伯伦在《暴风集》中沉迷于“梦”与“醉”，被称为暴风诗人；在最后的“哲理阶段”，纪伯伦更像是一个哲人，用美妙的文字告诉了我们深刻的道理。总之，阅读纪伯伦的作品，就会感觉纪伯伦的情感和哲理早已悄悄地潜入了我们的灵魂，化作了我们生存的感觉。

《先知》（*The Prophet*）是纪伯伦的代表作，写于1923年。《先知》更多地体现出对于宇宙、人、社会、真理这些最本质问题的思考，是他生命中最重要的一部作品，也是一部经历沉淀后作为长者向人们讲述人生经验与哲理的诗集。该书意境高深，主题明确，极大地体现了善与美的交织，是一部不可多得的名著，给人遐想和启迪。翻译家钱满素先生在《先知·沙与沫》的序言中说道：“通观纪伯伦的作品，首先感受到的是其中浓重的宗教气息。”换言之，《先知》所体现的，是饱经沧桑的纪伯伦发自内心的思考和赠言，这些文字在平静中流露着悲凉，丰富的情感虽然为语言涂上了强烈的主观主义色彩，但作者理智的思想仿佛在告诉我们其灵魂深处的秘密，富含哲理和隐喻。在这部作品中，作者塑造了一位叫作亚墨斯达法（Almustafa）的智者，他准备回到阔别已久的故乡，就在这个时刻，一位对他保有诚信的女子爱尔美差（Almitra）来到殿前广场请他临行前讲说真理，于是亚墨斯达法回答了送行者提出的不同问

题，涉及爱憎、美丑、善恶、罪罚、劳逸、理性与热情、法与自由等各种问题，所有的回答都深刻而富有哲理，发人深省，体现出纪伯伦对诸多问题独到的思考和见解。比如，在谈到婚姻时，纪伯伦认为：

Give your hearts，but not into each other's keeping.
For only the hand of Life can contain your hearts.
And stand together，yet not too near together，
For the pillars of the temple stand apart，
And the oak tree and the cypress grow not in each other's shadow.

这里说明，婚姻中的两个人不应彼此控制，而应保留一定的距离，仿佛庙宇中的柱子，彼此保持距离，却又无法离开彼此，又像是橡树和柏树，并不生长在彼此的树荫下。这不禁让人想起舒婷的《致橡树》："我必须是你近旁的一株木棉，作为树的形象和你站在一起……仿佛永远分离，却又终身相依"。

《沙与沫》（*Sand and Foam*）是纪伯伦另一部著名作品，写于1926年。纪伯伦以自然景物"沙""泡沫"为比喻，象征着人在社会中如同沙之微小，事物如同泡沫一般虚幻。整部诗集内容富有哲理，充满智慧和辩证法的思想，是一本关于生命、艺术、爱情、人性的格言类诗集，值得反复品读和玩味。另外，整部诗集还富于语言的音韵之美，用词贴切，宛如天籁，让人在语言的美中体验生命的爱和真谛，尤其可以让那些困顿彷徨的人们得到慰藉和鼓舞。诗文的立意超越了时空和国界的限制，体现了人类共同的情感，满足了不同心灵的需求。翻译家李家真在译著的序言中评价道："《沙与沫》由一篇篇韵味悠长的短章组成，好比一颗颗晶莹剔透的珍珠，折射着作者的深刻思想和瑰奇想象。"例如，在说到伟人时，纪伯伦认为：

Every great man I have known had
something small in his make-up；
and it was that small something which
prevented inactivity or madness or suicide.

从这一篇短章中我们很容易读出其中的哲理与思辨，更深刻地认识到人性中最重要的东西是什么。

本书中收录在最后的《泪与笑》(*A Tear and a Smile*) 是纪伯伦第一批散文诗合集，也是他最优美的散文诗集之一，正式出版于1913年。纪伯伦受到尼采哲学的影响，《泪与笑》中的许多篇章直接针对人类社会中的不义和罪恶。例如，作者通过《梦境》暴露出一个颠倒、荒诞的世界："牧师多如牛毛，他们两眼仰望天空，心却埋在贪婪的坟墓中"，"可怜的穷人在耕种，富豪却去收获"。《罪犯》控诉罪恶的社会把好人变成凶手，也形象地揭示了那些被社会抛弃的人们的悲惨命运。《组歌》中的《浪之歌》《雨之歌》《美之歌》以及《花之歌》，语言优美，脍炙人口，情思交融，婉约清丽，晶莹剔透，称得上是散文诗中的上乘之作，深受读者喜爱，可以把它们视作散文诗的"典范"或"标准"。这几篇作品之所以堪称表现自然的佳作，是因为它们十分难得地实现了一般诗作难以达到的"自然"这一目标，既表现出真实的外在的"自然"，又显露出清淳的内在的"自然"，并通过从"自然"中选取种种意象，将情、理、景融为一体，没有一点斧凿的痕迹，体现了纪伯伦文字功底之深厚。

纪伯伦作品的风格还在于其语言的个性化——他是一个能用阿拉伯文和英文写作的作家，而且每种语言都运用得清丽流畅，其作品的语言风格征服了一代又一代的东西方读者。美国人曾称誉纪伯伦仿佛"从东方吹来横扫西方的风暴"，而他带有强烈东方意识的作品被视为"东方赠给西方的最好礼物"。目前，纪伯伦的作品已被译成多国语言，在世界各地流传。其中代表作《先知》在90余年的时间里，已经被翻译成至少55种语言，以其跨越时空的生命智慧和美学魅力，不断打动着世界各地人们的心灵。

纪伯伦的作品是在五四新文化运动后中外文化交流的高峰期被译介到中国的。茅盾是第一位把纪伯伦介绍到中国的作家，当时他译介了8篇出自纪伯伦用英语创作并于1920出版的散文诗集《先驱者》。茅盾对纪伯伦及其作品的关注主要与当时中国现代文坛对外国文学的关注和译介有关，尤其是当时的中国文坛想引进散文诗这一新的文学体裁。此后张闻天、沈泽宁、刘廷芳等人在引进散文诗方面都作了各自的努力。冰心先生的翻译更是使纪伯伦的作品为中国读者熟知。近十多年来，我国又陆续出版了一些纪伯伦的作品，例如钱满素、李家真、李唯中、林志豪等的译本，都在之前译本的基

础上，对纪伯伦的诗歌有了更巧妙精准的翻译，这位黎巴嫩文坛骄子在中国拥有了越来越多的知音，读纪伯伦充满哲学气息与岁月沉淀的诗歌与散文，每位读者都会从其中获得不同的感触与收获，从而对诗歌与人生有一番新的思考与体悟。

当然，要想真正了解作者使用的语言、笔触以及所表达的哲理，阅读原著更是上乘之选。特别是，阅读原汁原味的纪伯伦诗篇，还能体味到英语的韵味，掌握更多英语表达方式，丰富自己的英语知识，提升自己的文学素养。为了帮助广大读者更好地阅读原汁原味的英语，在注释过程中，我们尽量做到细致，面面俱到，包括词语的意思、修辞的使用、长句的分析与翻译、文化现象和诗歌主题的解释等等，希望这些有助于读者更好地阅读作品。

当然，由于时间紧迫，注释不到之处在所难免，敬请谅解！

刘宇笑　彭萍

The Prophet

The Prophet[①]

① 本书从第 1 篇到 28 篇均选自纪伯伦的《先知》(*The Prophet*)。《先知》创作于 1923 年，属于散文诗集，论述了爱与美、生与死、婚姻与家庭、劳作与安乐、法律与自由、理智与热情、善恶与宗教等一系列人生和社会问题，其间充满比喻和哲理，是作者几十年人生经验的总结，具有浓郁的东方色彩。

The Coming of the Ship[1]

Almustafa[2], the chosen and the beloved, who was a dawn onto his own day, had waited twelve years in the city of Orphalese for his ship that was to return and bear him back to the isle[3] of his birth.

And in the twelfth year, on the seventh day of Ielool[4], the month of reaping, he climbed the hill without the city walls and looked seaward[5]; and he beheld the ship coming with the mist.

Then the gates of his heart were flung[6] open, and his joy flew far over the sea. And he closed his eyes and prayed in the silences of his soul.

But as he descended the hill, a sadness came upon him, and he thought in his heart:

How shall I go in peace and without sorrow? Nay, not without a wound in the spirit shall I leave this city.

Long were the days of pain I have spent within its walls, and long were the nights of aloneness; and who can depart from his pain and his

---

① 纪伯伦的散文诗本来开始于《船的到来》这一篇，该诗篇中，迎接亚墨斯达法（Almustafa）的船的到来，他将与奥法里斯城的人民分别，临别之际，他对众人好奇的问题一一作答，就形成《先知》这本散文诗中几乎所有的主题。

② Almustafa：亚墨斯达法，又译作穆斯塔法。一个充满挚爱和睿智的东方哲人形象，通过不同职业者向亚墨斯达法的提问，进而讲述了自己对精神生活和物质生活中诸多问题的哲理思索。

③ isle：岛屿

④ Ielool：绮露，阿拉伯语的九月。

⑤ seaward：向海的，朝海的

⑥ fling：扑进；冲出

aloneness without regret?[1]

Too many fragments of the spirit have I scattered in these streets, and too many are the children of my longing that walk naked among these hills, and I cannot withdraw from them without a burden and an ache.[2]

It is not a garment[3] I cast off[4] this day, but a skin that I tear with my own hands.

Nor is it a thought I leave behind me, but a heart made sweet with hunger and with thirst.

Yet I cannot tarry[5] longer.

The sea that calls all things unto her calls me, and I must embark[6].

For to stay, though the hours burn in the night, is to freeze and crystallize and be bound in a mould.[7]

Fain[8] would I take with me all that is here. But how shall I?

A voice cannot carry the tongue and the lips that give it wings. Alone must it seek the ether.

And alone and without his nest shall the eagle fly across the sun.

Now when he reached the foot of the hill, he turned again towards the sea, and he saw his ship approaching the harbour, and upon her prow[9] the mariners[10], the men of his own land.

---

① 参考译文：漫长而痛苦的白昼啊，漫长而孤寂的夜，我在这城墙内度过。谁能毫不惋惜，就此别了他的痛苦孤寂？（钱满素译）此句为倒装句，正常语序为 the days of pain were long...

② 该句中前两个 too many 结构中均使用了倒装句。参考译文：在这街市上我曾撒下过多的零碎的精神，在这山中也有过多的赤裸着行走的我所爱怜的孩子，离开他们，我不能不觉得负担与痛心。(冰心译)(withdraw from：离开，退出；scatterd：同 scattered，分散，散播；ache：疼痛)

③ garment：衣服，服装

④ cast off：丢弃，扔掉

⑤ tarry：耽搁；等候

⑥ embark：上船或飞机；从事

⑦ 参考译文：纵然夜间时辰火样灼热，我若留下，便只会冻成冰块，注入模具。(钱满素译)(crystallize：使结晶；mould：模具)

⑧ fain：不得不的；乐意地

⑨ prow：船首

⑩ mariner：水手，海员

And his soul cried out to them, and he said:

Sons of my ancient mother, you riders of the tides[①], how often have you sailed in my dreams. And now you come in my awakening, which is my deeper dream.[②]

Ready am I to go, and my eagerness with sails full set[③] awaits the wind.

Only another breath will I breathe in this still[④] air, only another loving look cast backward[⑤],

Then I shall stand among you, a seafarer[⑥] among seafarers.

And you, vast sea, sleepless mother,

Who alone are peace and freedom to the river and the stream,

Only another winding will this stream make, only another murmur[⑦] in this glade,

And then shall I come to you, a boundless[⑧] drop to a boundless ocean.

And as he walked he saw from afar men and women leaving their fields and their vineyards[⑨] and hastening[⑩] towards the city gates.

And he heard their voices calling his name, and shouting from the field to field telling one another of the coming of the ship.

And he said to himself:

Shall the day of parting be the day of gathering?

---

① riders of the tides：弄潮儿（rider：骑手；tide：潮汐）

② 参考译文：多少次你们在我梦中扬帆。如今你们在我觉醒时驶来，但觉醒只是我更深的梦境。（钱满素译）

③ full set：张满（说明 eagerness 和 sails 都是满满的）

④ still：平静的；无声的

⑤ backward：相反地，反向的

⑥ seafarer：航员，航海家

⑦ murmur：嘀咕，低语

⑧ boundless：无限的，无穷的

⑨ vineyard：葡萄园

⑩ hasten：催促，赶快

And shall it be said that my eve was in truth my dawn?

And what shall I give unto him who has left his plough in midfurrow, or to him who has stopped the wheel of his winepress[①]?

Shall my heart become a tree heavy-laden with fruit[②] that I may gather and give unto them?

And shall my desires flow like a fountain[③] that I may fill their cups?

Am I a harp[④] that the hand of the mighty[⑤] may touch me, or a flute that his breath may pass through me?

A seeker of silences am I, and what treasure have I found in silences that I may dispense[⑥] with confidence?

If this is my day of harvest, in what fields have I sowed the seed, and in what unremembered seasons?

If this indeed be the hour in which I lift up my lantern[⑦], it is not my flame that shall burn therein[⑧].

Empty and dark shall I raise my lantern,

And the guardian of the night shall fill it with oil and he shall light it also.

These things he said in words. But much in his heart remained unsaid. For he himself could not speak his deeper secret.

And when he entered into the city all the people came to meet him, and they were crying out to him as with one voice[⑨].

And the elders of the city stood forth and said:

Go not yet away from us.

A noontide have you been in our twilight, and your youth has

---

① winepress：葡萄榨汁器
② heavy-laden with fruit：果实累累的
③ fountain：喷泉
④ harp：竖琴
⑤ mighty：强大的，有力的
⑥ dispense：分配，分发
⑦ lantern：灯笼，提灯
⑧ therein：在其中
⑨ with one voice：异口同声地

given us dreams to dream.[1]

No stranger are you among us, nor a guest, but our son and our dearly beloved.

Suffer not yet our eyes to hunger[2] for your face.

And the priests and the priestesses[3] said unto him:

Let not the waves of the sea separate us now, and the years you have spent in our midst become a memory.

You have walked among us a spirit[4], and your shadow has been a light upon our faces.

Much have we loved you. But speechless was our love, and with veils has it been veiled[5].

Yet now it cries aloud unto you, and would stand revealed[6] before you.

And ever has it been that love knows not its own depth until the hour of separation.

And others came also and entreated[7] him.

But he answered them not. He only bent[8] his head; and those who stood near saw his tears falling upon his breast.

And he and the people proceeded[9] towards the great square before the temple.

And there came out of the sanctuary[10] a woman whose name was

---

① 参考译文：你是我们迟暮中的正午，你的青春让我们有梦可做。（后半句中第一个 dream 是名词，梦想，第二个 dream 是动词，做梦。）

② hunger：饥饿；渴望

③ priestess：女神职人员

④ spirit：神灵

⑤ 参考译文：被轻纱蒙着。（这句中两个 veil，一个是动词，一个是名词。）

⑥ revealed：暴露的，揭开面纱的

⑦ entreat：恳求，乞求

⑧ bend：使弯曲；屈服

⑨ proceed：前行，前进

⑩ sanctuary：圣堂；庇护所

Almitra[①]. And she was a seeress[②].

And he looked upon her with exceeding[③] tenderness, for it was she who had first sought and believed in him when he had been but[④] a day in their city.

And she hailed[⑤] him, saying:

Prophet of God, in quest for the uttermost, long have you searched the distances for your ship.

And now your ship has come, and you must needs go.

Deep is your longing for the land of your memories and the dwelling place of your greater desires; and our love would not bind you nor our needs hold you.

Yet this we ask ere[⑥] you leave us, that you speak to us and give us of your truth.

And we will give it unto our children, and they unto their children, and it shall not perish[⑦].

In your aloneness you have watched with our days, and in your wakefulness you have listened to the weeping[⑧] and the laughter of our sleep.

Now therefore disclose us to ourselves, and tell us all that has been shown you of that which is between birth and death.

And he answered,

People of Orphalese, of what can I speak save of[⑨] that which is even now moving your souls?

---

① Almitra：爱尔美差，她是上帝派来的先知亚墨斯达法（Almustafa）的追随者。
② seeress：女预言家
③ exceeding：非常，非常好的（多用于古语）
④ but：即 only。
⑤ hail：致敬，招呼
⑥ ere：在……之前
⑦ perish：使麻木；毁坏；死亡
⑧ weep：哭泣
⑨ save of：除了

On Love[1]

Then said Almitra[2], Speak to us of Love.

And he[3] raised his head and looked upon the people, and there fell a stillness[4] upon them. And with a great[5] voice he said:

When love beckons[6] to you follow him,

Though his ways are hard and steep[7].

And when his wings enfold[8] you yield to him,

Though the sword hidden among his pinions[9] may wound you.

And when he speaks to you believe in him,

Though his voice may shatter your dreams as the north wind lays waste the garden.[10]

For even as love crowns[11] you so shall he crucify[12] you. Even as

---

① 《爱》告诉我们爱不占有，也不被占有的道理。

② Almitra：爱尔美差。在《先知·船的到来》中，提到"有一个名叫爱尔美差的女子从圣殿里出来，她是一个预言者。"（冰心译）她是上帝派来的先知亚墨斯达法（Almustafa）的追随者，在本篇中问询亚墨斯达法对于爱的理解。

③ he：指先知亚墨斯达法。

④ stillness：静止；平静，寂静

⑤ great：指洪亮。

⑥ beckon：示意，召唤

⑦ steep：陡峭的

⑧ enfold：包裹，折叠；拥抱

⑨ pinion：小齿轮，此处指羽翮。

⑩ 参考译文：虽然他的声音也许会把你们的梦魂击碎，如同北风吹荒了林园。（冰心译）（shatter：打碎，粉碎；lay：放置，铺放；lays waste the garden 的正常语序为 lays the garden waste。）

⑪ crown：王冠；加冕

⑫ crucify：折磨，十字架上钉死

he is for your growth so is he for your pruning.[①]

Even as he ascends to your height and caresses[②] your tenderest[③] branches that quiver[④] in the sun, So shall he descend to your roots and shake them in their clinging to the earth.[⑤]

Like sheaves of corn he gathers you unto himself.[⑥]

He threshes[⑦] you to make you naked.

He sifts[⑧] you to free you from your husks[⑨].

He grinds you to whiteness.[⑩]

He kneads[⑪] you until you are pliant[⑫];

And then he assigns you to his sacred fire, that you may become sacred bread for God's sacred feast[⑬].

All these things shall love do unto you that you may know the secrets of your heart, and in that knowledge become a fragment of Life's heart.[⑭]

But if in your fear you would seek only love's peace and love's pleasure,

Then it is better for you that you cover your nakedness[⑮] and pass

---

① 此句为倒装句，as...so 连接的句子后面均用倒装句，如 As you sow, so shall you reap.（种瓜得瓜，种豆地豆。）（prune：修剪；精简，此处指修正。）

② caress：抚摸，爱抚

③ tender：柔软的；脆弱的

④ quiver：微颤，抖动

⑤ 参考译文：他也要降到你的根下，摇动你紧握住泥土的根柢。（冰心译）（sheave：一束；corn：谷物，谷粒；unto：向，到，古英语，相当于现在的 to。）

⑥ 参考译文：如同一捆稻粟，他把你束聚起来。（冰心译）

⑦ thresh：打谷，舂打

⑧ sift：筛选，过滤

⑨ husk：外壳；苞衣

⑩ 参考译文：他磨碾你直至洁白。（冰心译）（grind：磨，磨碎）

⑪ knead：揉捏，捏制

⑫ pliant：易弯的，柔韧的；能适应的

⑬ feast：宴请；筵席

⑭ All these things shall love do unto you 的正常语序为 Love shall do all these things unto you。后面第一个 that 相当于 so that，become 的主语是 you。参考译文：这些都是爱要给你们做的事情，使你知道自己心中的秘密，在这知识中你便成了"生命"心中的一屑。（冰心译）（fragment：碎片，残片）

⑮ nakedness：赤裸，裸身

out of[1] love's threshing-floor[2],

Into the seasonless world where you shall laugh, but not all of your laughter, and weep, but not all of your tears.[3]

Love gives naught but itself and takes naught but from itself.

Love possesses not nor would it be possessed;

For love is sufficient unto love.[4]

When you love you should not say, "God is in my heart," but rather, "I am in the heart of God."

And think not[5] you can direct the course[6] of love, if it finds you worthy, directs your course.

Love has no other desire but to fulfil itself.[7]

But if you love and must needs[8] have desires, let these[9] be your desires:

To melt and be like a running brook[10] that sings its melody[11] to the night.

To know the pain of too much tenderness.

To be wounded[12] by your own understanding of love;

And to bleed[13] willingly and joyfully.

To wake at dawn with a winged[14] heart and give thanks for another day of loving;

---

① pass out of：离开；散出

② threshing-floor：打谷场，脱粒场

③ 参考译文：而走入那没有季候的世界，在那里你将欢笑，却不是尽量的笑悦；你将哭泣，却没有流干了眼泪。（冰心译）（weep：哭泣；悲叹）

④ 参考译文：爱除自身外什么也给不了我们，除自身外什么也不需要。爱不占有，也不被占有。因为爱在爱中满足了。（冰心译，有改动）（naught：零）

⑤ think not：即 do not think。

⑥ course：课程；进程

⑦ 参考译文：爱没有别的愿望，只要成全自己。（冰心译）

⑧ must needs：偏要，偏偏（两个词连用，当一个情态动词使用）

⑨ these：指下面的内容。

⑩ brook：小河，小溪

⑪ melody：美妙的音乐，和谐的曲子

⑫ wound：伤害；受伤

⑬ bleed：流血，出血

⑭ winged：有翼的；飞行的

To rest at the noon hour and meditate[①] love's ecstasy[②];

To return home at eventide[③] with gratitude;

And then to sleep with a prayer[④] for the beloved in your heart and a song of praise upon your lips.

① meditate：考虑，沉思

② ecstasy：入迷；狂喜

③ eventide：黄昏，日暮。多用于古语或诗句。

④ prayer：祷告；祈祷文

On Marriage[1]

Then Almitra spoke again and said, "And what of Marriage, master?"

And he answered saying:

You were born together, and together you shall be forevermore[2].

You shall be together when white wings of death scatter your days.[3]

Aye, you shall be together even in the silent memory of God.[4]

But let there be spaces in your togetherness,

And let the winds of the heavens dance between you.

Love one another but make not[5] a bond[6] of love:

Let it rather be a moving sea[7] between the shores[8] of your souls.

Fill each other's cup but drink not from one cup.

Give one another of your bread but eat not from the same loaf[9].

Sing and dance together and be joyous, but let each[10] one of you

---

① 《婚姻》告诉我们，彼此相爱，却不要锻造爱的锁链。

② forevermore：永远地，永恒地

③ 参考译文：死神白色的翅膀将你们的生命驱散时，你们也应是在一起的。（death：死亡；死神；scatter：分散，驱散）

④ 参考译文：即使在对上帝静默的记忆里，你们也将永远相守。（aye：唉，呜呼。感叹词。）

⑤ make not：即 do not make。与下文 drink not，eat not 结构相同。

⑥ bond：纽带，联系；枷锁，桎梏

⑦ a moving sea：流动的海

⑧ shore：海滨；岸

⑨ loaf：条，块；一块面包

⑩ each：每一；各自

be alone,

Even as the strings of a lute are alone though they quiver with the same music.[1]

Give your hearts, but not into each other's keeping[2].

For only the hand of Life can contain your hearts.[3]

And stand together, yet not too near together:

For the pillars[4] of the temple stand apart,

And the oak[5] tree and the cypress[6] grow not in each other's shadow.

① 参考译文：鲁特琴的琴弦也彼此分开，即使它们为同一首乐曲震颤。（lute：鲁特琴，也称琉特琴，是一种曲颈拨弦乐器。主要指中世纪到巴洛克时期在欧洲使用的一类古乐器的总称，是文艺复兴时期欧洲最风靡的家庭独奏乐器。）

② keeping：保存，保管

③ 参考译文：因为只有“生活”的手，才能把持你们的心。（冰心译，有改动）

④ pillar：柱子；柱状物

⑤ oak：栎树，橡树

⑥ cypress：柏树

On Children[①]

And a woman who held a babe[②] against her bosom said, "Speak to us of Children."

And he said:

Your children are not your children.

They are the sons and daughters of Life's longing for itself.[③]

They come through you but not from you,

And though they are with you, yet they belong not[④] to you.

You may give them your love but not your thoughts.

For they have their own thoughts.

You may house[⑤] their bodies but not their souls,

For their souls dwell[⑥] in the house of tomorrow, which you cannot visit, not even in your dreams.

You may strive to be like them, but seek not to make them like you.[⑦]

For life goes not backward nor tarries[⑧] with yesterday.

---

① 本篇虽然是谈孩子，实际上却是论父母之道，指出孩子是独立的，是与父母平等的个体，父母只能给孩子以爱，却不能代替他们思想、灵魂的形成。

② babe：婴孩，婴儿

③ 参考译文：他们是生命自身渴望所带来的后代。（longing：渴望，憧憬）

④ belong not：即 do not belong。

⑤ house：这里作动词，意为“使居住”“庇护”。

⑥ dwell：住，居住

⑦ 参考译文：你们可以努力去模仿他们，却不要企图让他们与你们一样。（strive：努力，抗争；seek not to：即 do not seek to，seek to 意为“试图，设法”。）

⑧ tarry：搁置，逗留

You are the bows from which your children as living arrows are sent forth.①

The archer sees the mark upon the path of the infinite, and He bends you with His might that His arrows may go swift and far.②

Let your bending in the archer's hand be for gladness③;

For even as He loves the arrow that flies, so He loves also the bow that is stable.④

---

① 参考译文：你们是弓，孩子们像是飞箭从你们这里射向前方。（bow：弓箭，弓；living：活跃的）

② 参考译文：那射者在无穷之中看定了目标，也用神力将你们引满，使他的箭矢迅速而遥远地射了出去。（冰心译）（archer：弓箭手；bend：使弯曲，使屈服；might：力气，威力；swift：迅速的，敏捷的；he 在上下文中是弓箭手，实际上指上帝、造物主。）

③ gladness：欢乐，喜悦

④ "as..., so..."结构是固定搭配，但却是一个省略形式，其完整形式为"（just）as..., so（too）...", 用于表示两种情况或行为之间有联系，意为"正如……，……也一样"。参考译文：正如她爱上了那飞出的箭，也爱了那静止的弓。（冰心译，有改动）（stable：稳定的）

On Giving[1]

Then said a rich man, Speak to us of Giving.

And he answered:

You give but little when you give of your possessions.[2]

It is when you give of yourself that you truly give.[3]

For what are your possessions but things you keep and guard for fear you may need them tomorrow?[4]

And tomorrow, what shall tomorrow bring to the overprudent[5] dog burying bones in the trackless[6] sand as he follows the pilgrims[7] to the holy city[8]?

And what is fear of need but need itself?[9]

Is not dread of thirst when your well is full, thirst that is unquenchable?[10]

There are those who give little of the much[11] which they have —

---

① 《施与》告诉我们施与是毫无保留的，是快乐的。

② 参考译文：你把你的产业给人，那只算给了一点。（冰心译）（but：仅仅，只；give of：奉献，贡献；possession：财产）

③ It is...that... 是强调句式。

④ 参考译文：因为你的财产，只不过是你保留下来唯恐明日之需的。（guard：保护，守卫；for fear that：生怕，唯恐）

⑤ overprudent：过于谨慎

⑥ trackless：无足迹的

⑦ pilgrim：朝圣者

⑧ the holy city：圣城

⑨ 参考译文：除了需求本身，还有什么唯恐需求呢？（钱满素译）

⑩ 参考译文：当你井满之时仍怕口渴，那种干渴岂能解渴？（钱满素译）（dread：恐惧，担心；unquenchable：难抑制的）

⑪ the much：多数。the + 形容词，变成有某种属性的名词短语。

and they give it for recognition[1] and their hidden desire makes their gifts unwholesome[2].

And there are those who have little and give it all.

These are the believers in[3] life and the bounty[4] of life, and their coffer[5] is never empty.

There are those who give with joy, and that joy is their reward.

And there are those who give with pain, and that pain is their baptism[6].

And there are those who give and know not[7] pain in giving, nor do they seek joy, nor give with mindfulness of virtue[8];

They give as in yonder valley the myrtle breathes its fragrance into space.[9]

Through the hands of such as these God speaks, and from behind their eyes He smiles upon the earth.[10]

It is well to give when asked, but it is better to give unasked, through understanding;

And to the open-handed the search for one who shall receive is joy greater than[11] giving.

And is there aught[12] you would withhold[13]?

All you have shall some day be given;

---

① recognition：认可；褒奖

② unwholesome：堕落的；不自然的

③ the believers in：坚信（或极力推崇）某事的人

④ bounty：馈赠，恩赐

⑤ coffer：保险柜，金库

⑥ baptism：洗礼，严峻考验

⑦ know not：即 do not know。

⑧ 参考译文：既不寻求快乐，也不有心为善。（钱满素译）（mindfulness：mindful 的名词形式，留心，念及；virtue：美德）

⑨ 参考译文：他们的给予，犹如那山谷中的长春花向空中吐香。（钱满素译）（as：犹如；yonder：远处的；myrtle：香桃木，桃金娘，常绿灌木或小乔木，开花芬芳淡雅，原产地中海地区，分布于东南亚、中国南部地区，喜温暖、湿润气候，主要用于城市绿化，也可做药用及提炼精油；fragrance：香气）

⑩ 参考译文：通过这些人（指上文中“既不寻求快乐，也不有心为善”的人）的手，上帝在说话，透过他们的明眸，上帝向人间微笑。（钱满素译）

⑪ greater than：大于

⑫ aught：即 anything，任何事物。

⑬ withhold：保留；抑制

Therefore give now, that the season of giving may be yours and not your inheritors'[①].

You often say, "I would give, but only to the deserving[②]."

The trees in your orchard[③] say not so, nor the flocks[④] in your pasture[⑤].

They give that they may live, for to withhold is to perish.[⑥]

Surely he who is worthy to receive his days and his nights is worthy of all else from you.[⑦]

And he who has deserved to drink from the ocean of life[⑧] deserves to fill his cup from your little stream[⑨].

And what desert greater shall there be than that which lies in the courage and the confidence, nay the charity, of receiving?[⑩]

And who are you that men should rend their bosom and unveil their pride, that you may see their worth naked and their pride unabashed?[⑪]

See first that you yourself deserve to be a giver, and an instrument[⑫] of giving.

For in truth[⑬] it is life that gives unto life — while you, who deem[⑭]

---

① inheritor：继承者，后继者

② deserving：值得的

③ orchard：果园，果树林

④ flock：畜群，兽群

⑤ pasture：牧场，草地

⑥ 参考译文：它们为生存而给予，不给便是死亡。（钱满素译）（that：为了，以便，引导状语从句，表示目的；withhold：保留；perish：死亡，毁灭）

⑦ 参考译文：那该得到白昼黑夜的人，自然也该从你这儿得到其余一切。（钱满素译）（be worthy of：配得上，值得）

⑧ the ocean of life：这里把生命比作海洋。

⑨ stream：溪流；流动

⑩ 参考译文：还有什么美德比接受中的勇气、信心和慈悲更伟大呢？（desert：沙漠；遗弃；功劳；nay：不仅如此，而且）

⑪ 参考译文：你又是谁，至于让他们敞开胸怀去展露他们（受予者）的自豪，从而看他们赤裸的价值和无羞的骄傲？（rend：撕开，撕碎；bosom：胸襟，内心；unveil：揭掉面纱，揭露；naked：赤裸的，无装饰的；unabashed：公然的，不怕羞的）

⑫ instrument：工具，仪器，指……的一块料。

⑬ in truth：事实上，实际上

⑭ deem：deem sth. sth.，把……看作……

yourself a giver, are but a witness.

And you receivers[①] — and you are all receivers — assume[②] no weight of gratitude[③], lest[④] you lay a yoke[⑤] upon yourself and upon him who gives.

Rather rise together with the giver on his gifts as on wings;[⑥]

For to be overmindful of your debt, is to doubt his generosity who has the free-hearted earth for mother, and God for father.[⑦]

---

① you receivers：同位语，即你们这些接受者。

② assume：假定；承担

③ weight of gratitude：报恩的重担，感激的负担

④ lest：唯恐，以免

⑤ yoke：牛轭；束缚

⑥ 参考译文：不如把礼物当做双翼，借助它和施者一起升华。（钱满素译）（rather：相反地，宁可；as：当作，如同）

⑦ 参考译文：你若念念不忘欠负，乃是怀疑他的慷慨，而他自有仁爱的大地为母，上帝为父。（钱满素译）（overmindful：过分在意的；generosity：慷慨，大方；freehearted：坦白的，爽朗的）

On Eating and Drinking[①]

Then an old man, a keeper of an inn[②], said, Speak to us of Eating and Drinking.

And he said:

Would that you could live on the fragrance[③] of the earth, and like an air plant be sustained[④] by the light.

But since you must kill to eat, and rob the young of its mother's milk to quench[⑤] your thirst, let it then be an act of worship.

And let your board[⑥] stand an altar[⑦] on which the pure and the innocent[⑧] of forest and plain[⑨] are sacrificed for that which is purer and still more innocent in many.

When you kill a beast say to him in your heart,

"By the same power that slays you, I too am slain[⑩]; and I too shall be consumed. For the law that delivered you into my hand shall deliver me into a mightier hand.

---

① 纪伯伦告诉我们即使是饮食之事，我们也要充满感恩之情。
② inn：旅馆；小酒馆
③ fragrance：香气
④ sustain：维持；经受
⑤ quench：压制；止渴
⑥ board：膳食
⑦ altar：圣坛，祭坛
⑧ the pure and the innocent：纯洁清白的食物
⑨ plain：平原，原野
⑩ slay：杀死

"Your blood and my blood is naught but the sap[①] that feeds the tree of heaven."

And when you crush an apple with your teeth, say to it in your heart,

"Your seeds shall live in my body,

"And the buds[②] of your tomorrow shall blossom in my heart,

"And your fragrance shall be my breath,

"And together we shall rejoice[③] through all the seasons."

And in the autumn, when you gather the grapes of your vineyards for the winepress, say in your heart,

"I too am a vineyard, and my fruit shall be gathered for the winepress,

"And like new wine I shall be kept in eternal[④] vessels."

And in winter, when you draw the wine, let there be in your heart a song for each cup;

And let there be in the song a remembrance[⑤] for the autumn days, and for the vineyard, and for the winepress.

---

① sap：树液；精力
② bud：芽，萌芽
③ rejoice：使高兴；庆祝
④ eternal：永恒的，不朽的
⑤ remembrance：纪念；纪念品

On Work[①]

Then a ploughman[②] said, Speak to us of Work.

And he answered, saying:

You work that you may keep pace with the earth and the soul of the earth.

For to be idle[③] is to become a stranger unto the seasons, and to step out of[④] life's procession[⑤], that marches in majesty and proud submission towards the infinite.[⑥]

When you work you are a flute through whose heart the whispering of the hours turns to music.[⑦]

Which[⑧] of you would be a reed[⑨], dumb and silent[⑩], when all else sings together in unison[⑪]?

Always you have been told that work is a curse[⑫] and labour a

① 本篇是对工作和劳动的赞美。劳动是热爱生命的表现，是爱。

② ploughman：农夫，犁田者

③ idle：懒惰的；空闲的

④ step out of：从……走出去

⑤ procession：队伍，行列

⑥ 参考译文：它（这个队伍）在威严和骄傲的服从中，向着无穷前进。（march：行军，进军；majesty：权威，王权；submission：归顺，屈从）

⑦ 参考译文：你工作时是一只笛，那光阴的低语从中穿过，化作音乐。（钱满素译）

⑧ which：即 who。

⑨ reed：芦苇，指不可靠的人。

⑩ dumb and silent：沉默不语

⑪ unison：齐唱，合唱

⑫ curse：诅咒，祸害

misfortune[1].

But I say to you that when you work you fulfil[2] a part of earth's furthest dream, assigned[3] to you when that dream was born,

And in keeping yourself with labour you are in truth loving life.

And to love life through labour is to be intimate[4] with life's inmost[5] secret.

But if you in your pain call birth an affliction and the support of the flesh a curse written upon your brow, then I answer that naught but the sweat of your brow shall wash away that which is written.[6]

You have been told also life is darkness, and in your weariness[7] you echo[8] what was said by the weary[9].

And I say that life is indeed darkness save[10] when there is urge[11],

And all urge is blind save when there is knowledge,

And all knowledge is vain[12] save when there is work,

And all work is empty save when there is love;

And when you work with love you bind[13] yourself to yourself, and to one another, and to God.

And what is it[14] to work with love?

---

① misfortune：不幸，灾祸（labour a misfortune 即 labour is a misfortune）

② fulfil：满足；实现

③ assign：分配，指派（本句 assigned... 是过去分词短语作定语，补充说明 dream。）

④ intimate：亲密的（be...with，与……亲密的）

⑤ inmost：心底的

⑥ 参考译文：倘然在你的辛苦里，将有身之苦恼和养身之诅咒，写上你的眉间，则我将回答你，只有你眉间的汗，能洗去这些字句。（冰心译）（affliction：苦难，折磨；brow：眉毛）

⑦ weariness：疲劳，困倦

⑧ echo：随声附和

⑨ the weary：疲倦的人

⑩ save：作连词或介词，意为“除了”，下文同。

⑪ urge：驱策；冲动

⑫ vain：徒劳的；空虚的

⑬ bind...to：把……捆绑在……上；迫使（某人）服从（命令，规章等）

⑭ it：指 to work with love（充满爱地去工作）。

It is to weave[1] the cloth with threads[2] drawn[3] from your heart, even as if your beloved[4] were to wear that cloth.

It is to build a house with affection[5], even as if your beloved were to dwell in that house.

It is to sow[6] seeds with tenderness and reap[7] the harvest with joy, even as if your beloved were to eat the fruit.

It is to charge all things you fashion[8] with a breath of your own spirit[9],

And to know that all the blessed[10] dead[11] are standing about you and watching.

Often have I heard you say, as if speaking in sleep, "He who works in marble[12], and finds the shape of his own soul in the stone, is nobler than he who ploughs[13] the soil.

"And he who seizes the rainbow to lay it on a cloth[14] in the likeness of[15] man, is more than he who makes the sandals[16] for our feet."

But I say, not in sleep but in the over-wakefulness of noontide, that the wind speaks not more sweetly to the giant oaks than to the least of all the blades of grass;[17]

---

① weave：织，编织
② thread：线，细线
③ draw：拉；拔出，抽出
④ beloved：心爱的；心爱的人
⑤ affection：喜爱；感情
⑥ sow：播种
⑦ reap：收割庄稼，收获
⑧ fashion：使用，做成……的形状；时尚
⑨ a breath of your own spirit：你灵魂的气息
⑩ blessed：神圣的
⑪ dead：死者；已故（的人）
⑫ marble：大理石
⑬ plough：犁，耕
⑭ cloth：布，布料
⑮ in the likeness of：貌似……
⑯ sandal：凉鞋
⑰ 参考译文：可是我说，我不在梦中，而是在正午十足的清醒中说，风儿说起话来，对最高大的橡树也不必对坐纤小的草叶，声音更为甜蜜。（钱满素译）（over-wakefulness：十分警觉，清醒；noontide：正午；blade：刀片；叶片）

And he alone is great who turns the voice of the wind into a song made sweeter by his own loving.①

Work is love made visible.②

And if you cannot work with love but only with distaste③, it is better that you should leave your work and sit at the gate of the temple and take alms④ of those who work with joy.

For if you bake bread with indifference, you bake a bitter bread that feeds but half man's hunger.

And if you grudge⑤ the crushing⑥ of the grapes, your grudge distils⑦ a poison in the wine.

And if you sing though as angels, and love not the singing, you muffle⑧ man's ears to the voices of the day and the voices of the night.

---

① 参考译文：唯有用自己的爱把风声变成甜蜜歌声的人，才是伟大。（钱满素译）（alone：唯独，只有）

② 参考译文：工作就是可见的爱。完整句为 Work is love which is made visible.

③ distaste：厌恶，讨厌

④ alm：救济金，施舍物

⑤ grudge：勉强给，不愿做

⑥ crushing：压榨，压碎

⑦ distil：蒸馏，提取

⑧ muffle：蒙住，裹住

On Joy and Sorrow[①]

Then a woman said, Speak to us of Joy and Sorrow.

And he answered:

Your joy is your sorrow unmasked[②].

And the selfsame[③] well[④] from which your laughter rises was oftentimes filled with your tears.

And how else can it be?

The deeper that sorrow carves into your being, the more joy you can contain.[⑤]

Is not the cup that hold your wine the very cup that was burned in the potter's[⑥] oven[⑦]?

And is not the lute that soothes[⑧] your spirit the very wood that was hollowed[⑨] with knives?

When you are joyous, look deep into your heart and you shall find it is only that which has given you sorrow that is giving you joy.[⑩]

When you are sorrowful look again in your heart, and you shall

---

① 在纪伯伦看来，欢乐和悲哀是互相依存的，是不能分开的。

② unmask：除去面具；揭露

③ selfsame：完全相同

④ well：井；源泉

⑤ 参考译文：悲哀的创痕在你身上刻得越深，你越能容受更多的欢乐。（冰心译）

⑥ potter：陶工，制陶工人

⑦ oven：炉，灶

⑧ soothe：安慰；使缓和

⑨ hollow：使……成为空洞，形成空洞

⑩ 参考译文：当你欢乐的时候，深深地内顾你的心中，你就知道只不过是曾使你悲哀的，又在使你欢乐。（冰心译）（it is only that which has given you sorrow that is giving you joy 是强调句，第一个 that 指代 something，后面接定语从句，后面的 that 是强调句中常用的连词。）

see that in truth you are weeping for that which has been your delight.

Some of you say, "Joy is greater than sorrow," and others say, "Nay, sorrow is the greater."

But I say unto you, they are inseparable.

Together they come, and when one sits alone with you at your board①, remember that the other is asleep upon your bed.

Verily you are suspended② like scales between your sorrow and your joy.

Only when you are empty are you at standstill and balanced.③

When the treasure-keeper lifts you to weigh his gold and his silver, needs must your joy or your sorrow rise or fall.④

---

① board：指饭桌。

② suspend：悬浮；使暂停

③ 参考译文：只有盘空的时候，你才能平静和平衡。

④ 参考译文：当守库者把你提起来称他的金银的时候，你的哀乐就必须升降了。（冰心译）（needs must your joy or your sorrow rise or fall 是倒装句，即将 needs must 提前。）

On Houses[1]

Then a mason[2] came forth and said, Speak to us of Houses.

And he answered and said:

Build of your imaginings a bower[3] in the wilderness ere you build a house within the city walls.

For even as you have home-comings[4] in your twilight, so has the wanderer[5] in you, the ever distant and alone.

Your house is your larger body.

It grows in the sun and sleeps in the stillness of the night; and it is not dreamless.

Does not your house dream? And dreaming, leave the city for grove[6] or hilltop?

Would[7] that I could gather your houses into my hand, and like a sower scatter them in forest and meadow[8].

Would the valleys were your streets, and the green paths your alleys, that you might seek one another through vineyards, and come with the fragrance of the earth in your garments[9].

---

① 在纪伯伦看来，居室应该是大自然，不要让舒适之欲杀害了人灵性的热情。
② mason：泥瓦匠
③ bower：凉棚，村舍
④ home-coming：（长期离开后）回到家里、故乡或祖国
⑤ wanderer：流浪者，漫游者
⑥ grove：小树林，林子
⑦ would：这里表示愿望，同下一句，即“I would...”（我愿……）。
⑧ meadow：草地，牧场
⑨ garment：衣服，衣装

But these things are not yet to be.

In their fear your forefathers gathered you too near together. And that fear shall endure a little longer. A little longer shall your city walls separate your hearths[①] from your fields.

And tell me, people of Orphalese, what have you in these houses? And what is it you guard with fastened doors?

Have you peace, the quiet urge that reveals your power?

Have you remembrances, the glimmering arches that span the summits of the mind?

Have you beauty, that leads the heart from things fashioned of wood and stone to the holy mountain?

Tell me, have you these in your houses?

Or have you only comfort, and the lust for comfort, that stealthy thing that enters the house a guest, and becomes a host, and then a master?[②]

Ay, and it[③] becomes a tamer[④], and with hook[⑤] and scourge[⑥] makes puppets[⑦] of your larger desires.

Though its hands are silken, its heart is of iron.

It lulls[⑧] you to sleep only to stand by your bed and jeer[⑨] at the dignity[⑩] of the flesh.

It makes mock of[⑪] your sound[⑫] senses, and lays them in

---

① hearth：炉床，灶台

② 参考译文：还是你们只有舒适，只有追求舒适的欲望？那鬼鬼祟祟的家伙进屋时是个客人，后来成了主人，最后竟当起主子来了。（钱满素译）（lust：强烈的渴求，贪求；stealthy：秘密的，鬼鬼祟祟地）

③ it：指 the lust for comfort（追求舒适的欲望）。

④ tamer：驯兽师

⑤ hook：挂钩，吊钩

⑥ scourge：鞭子；鞭打

⑦ puppet：傀儡；木偶

⑧ lull：使安静，使平静

⑨ jeer：嘲笑，嘲讽

⑩ dignity：尊严；高贵

⑪ make mock of：嘲笑，讥讽

⑫ sound：健全的，良好的

thistledown[1] like fragile[2] vessels[3].

Verily the lust for comfort murders the passion of the soul, and then walks grinning[4] in the funeral.

But you, children of space, you restless in rest, you shall not be trapped nor tamed.[5]

Your house shall be not an anchor[6] but a mast[7].

It shall not be a glistening[8] film[9] that covers a wound, but an eyelid that guards the eye.

You shall not fold your wings that you may pass through doors, nor bend your heads that they strike not against a ceiling, nor fear to breathe lest walls should crack and fall down.[10]

You shall not dwell in tombs made by the dead for the living.

And though of magnificence and splendour[11], your house shall not hold your secret nor shelter your longing.

For that which is boundless in you abides[12] in the mansion of the sky, whose door is the morning mist, and whose windows are the songs and the silences of night.

---

① thistledown：蓟花的冠毛

② fragile：易碎的，脆弱的

③ vessel：杯盘，容器

④ grin：咧嘴笑，露齿笑

⑤ 参考译文：但是，你们这些"空间"之儿女，你们静中不息，你们不应该被网罗，被驯养。(冰心译，有改动)(children of space, you restless in rest 都是同位语。)

⑥ anchor：锚

⑦ mast：桅杆

⑧ glistening：闪耀的，反光的

⑨ film：指薄膜。

⑩ 参考译文：你不应当为穿门走户而敛翅，也不应当为恐触到屋顶而低头，也不应当为怕墙壁崩裂而停止呼吸。(冰心译)

⑪ splendor：光彩；壮丽

⑫ abide：容忍；逗留，居住

On Clothes[1]

And the weaver said, Speak to us of Clothes.

And he answered:

Your clothes conceal[2] much of your beauty, yet they hide not the unbeautiful[3].

And though you seek in garments the freedom of privacy you may find in them a harness[4] and a chain.

Would that you could meet the sun and the wind with more of your skin and less of your raiment[5],

For the breath of life is in the sunlight and the hand of life is in the wind.

Some of you say, "It is the north wind who has woven the clothes to wear."

And I say, Aye, it was the north wind.

But shame was his loom[6], and the softening of the sinews[7] was his thread.

And when his work was done he laughed in the forest.

---

① 纪伯伦认为，衣服会给我们带来羁绊和束缚，使我们无法接触真实、自由、赤裸的现实。
② conceal：隐藏，隐瞒
③ the unbeautiful：丑陋的一面，丑陋的东西
④ harness：桎梏，束缚
⑤ raiment：衣服
⑥ loom：织布机
⑦ sinew：筋，肌腱

Forget not that modesty[①] is for a shield against the eye of the unclean.

And when the unclean shall be no more, what were modesty but a fetter[②] and a fouling[③] of the mind?

And forget not that the earth delights to feel your bare feet and the winds long to play with your hair.[④]

---

① modesty：谦逊；害羞

② fetter：脚镣；束缚

③ foul：犯规；弄脏

④ 参考译文：也别忘了大地是欢喜和你的赤脚接触，风是希望和你的头发相戏的。（冰心译）

On Buying and Selling[①]

And a merchant said, Speak to us of Buying and Selling.

And he answered and said:

To you the earth yields[②] her fruit, and you shall not want if you but know how to fill your hands.[③]

It is in exchanging the gifts of the earth that you shall find abundance[④] and be satisfied.

Yet unless the exchange be in love and kindly justice, it will but lead some to greed[⑤] and others to hunger.

When in the marketplace you toilers[⑥] of the sea and fields and vineyards meet the weavers and the potters and the gatherers of spices, —

Invoke[⑦] then the master spirit of the earth, to come into your midst and sanctify[⑧] the scales and the reckoning[⑨] that weighs value against value.

And suffer not the barren-handed[⑩] to take part in your

---

① 纪伯伦认为，若不用爱和公平进行交易，则必定有人会变得贪婪，有人成为饿殍。
② yield：出产；屈服；放弃
③ 参考译文：但倘若你们只知道如何装满双手，便不该对它妄想。（钱满素译）
④ abundance：丰富，充裕
⑤ greed：贪心，贪婪
⑥ toiler：劳动者
⑦ invoke：祈求，恳求
⑧ sanctify：把……神圣化
⑨ reckon：猜想；估计
⑩ barren-handed：游手好闲的

transactions[①], who would sell their words for your labour[②].

To such men you should say,

"Come with us to the field, or go with our brothers to the sea and cast your net;

"For the land and the sea shall be bountiful[③] to you even as to us."

And if there come the singers and the dancers and the flute players, — buy of their gifts also.

For they too are gatherers of fruit and frankincense, and that which they bring, though fashioned of dreams, is raiment and food food for your soul.[④]

And before you leave the marketplace[⑤], see that no one has gone his way with empty hands.

For the master spirit[⑥] of the earth shall not sleep peacefully upon the wind till the needs of the least of you are satisfied.

---

① transaction：交易；执行

② sell their words for your labour：用言语换取你的劳力

③ bountiful：慷慨给予的；充裕的

④ 参考译文：因为他们也是果实和乳香的采集者，他们带来的物事，虽系梦幻，却是你们灵魂上的衣食。（冰心译）（frankincense：乳香；fashioned of：具有……风格的）

⑤ marketplace：市场，集市

⑥ master spirit：主神

On Crime and Punishment[①]

Then one of the judges[②] of the city stood forth and said, Speak to us of Crime and Punishment.

And he answered saying:

It is when your spirit goes wandering[③] upon the wind,

That you, alone and unguarded[④], commit a wrong[⑤] unto others and therefore unto yourself.

And for that wrong committed must you knock and wait a while unheeded at the gate of the blessed.[⑥]

Like the ocean is your god-self;[⑦]

It remains for ever[⑧] undefiled[⑨].

And like the ether[⑩] it lifts but the winged[⑪].

Even like the sun is your god-self;

---

① 本篇中纪伯伦表达了自己对犯罪与惩罚的观点。在他看来，消灭犯罪的本质是找到根源，而非惩罚，这也是他仁爱为本的思想的深刻体现。

② judge：法官

③ wander：漫游，闲逛

④ alone and unguarded：孤零而又不小心的，孤立而又不谨慎的

⑤ wrong：过错，错误

⑥ 参考译文：为了这个错误，你必须去抠神圣之门，并且在门前被冷落一阵。这是个倒装句，正确语序为 You must...for the wrong committed.（unheeded：被忽视的，未被注意的；blessed：神圣的）

⑦ 此句为倒装句，正确语序为 Your god-self is like the ocean.（god-self：神性）

⑧ for ever：即 forever。

⑨ undefiled：纯洁的，无污的

⑩ ether：以太，古希腊人以其泛指青天或上层大气。古希腊哲学家亚里士多德提出，物质元素除了水、火、气、土之外，还有一种居于天空上层的以太。

⑪ wing：翅膀；飞翔

It knows not the ways of the mole[①] nor seeks it the holes of the serpent[②].

But your god-self does not dwell[③] alone in your being.

Much in you is still man, and much in you is not yet man,[④]

But a shapeless pigmy that walks asleep in the mist searching for its own awakening.[⑤]

And of the man in you would I now speak.

For it is he and not your god-self nor the pigmy in the mist, that knows crime and the punishment of crime.[⑥]

Oftentimes[⑦] have I heard you speak of one who commits a wrong as though he were not one of you, but a stranger unto you and an intruder[⑧] upon your world.

But I say that even as the holy and the righteous cannot rise beyond the highest which is in each one of you,[⑨]

So the wicked[⑩] and the weak cannot fall lower than the lowest which is in you also.

And as a single leaf turns not yellow but[⑪] with the silent knowledge[⑫] of the whole tree,

So the wrong-doer cannot do wrong without the hidden will of you all.[⑬]

---

① mole：鼹鼠

② serpent：大蛇，毒蛇

③ dwell：居住，住

④ 参考译文：在你之中尚有许多人性，尚有许多低于人性。（钱满素译）（man：人性）

⑤ 参考译文：它只是未成形的侏儒，在迷雾中梦游，寻觅自己的觉醒。（钱满素译）（shapeless：无定型的，未成形的；pigmy：矮人，侏儒；mist：薄雾）

⑥ 参考译文：我现在所要说的，就是你们的"人性"，因为那知道罪与罚的刑罚的，是你，而不是你的"神性"，也不是烟雾中的侏儒。（冰心译，有改动）（man：指人性。）该句正常语序为 And I would now speak of the man in you.

⑦ oftentimes：时常地，经常

⑧ intruder：干扰者，入侵者

⑨ 参考译文：可我要说，正如那圣人贤者也不能高于你们每个人内在的至高至善。（钱满素译）（the holy：神圣的人；the righteous：正直的人）

⑩ wicked：邪恶的

⑪ but：指只有，仅仅。

⑫ knowledge：了解，知晓

⑬ 参考译文：没有你们全体的默许，恶人也不会作恶。（钱满素译，有改动）（wrong-doer：违法犯罪者）

Like a procession you walk together towards your god-self.

You are the way and the wayfarers[①].

And when one of you falls down he falls for those behind him, a caution against the stumbling[②] stone.

Ay[③], and he falls for those ahead of him, who though faster and surer[④] of foot, yet[⑤] removed not the stumbling stone.

And this also, though the word lie heavy upon your hearts:

The murdered[⑥] is not unaccountable[⑦] for his own murder[⑧],

And the robbed is not blameless in being robbed.

The righteous is not innocent[⑨] of the deeds of the wicked,

And the white-handed is not clean in the doings of the felon.

Yea, the guilty is oftentimes the victim of the injured,[⑩]

And still more often the condemned[⑪] is the burden-bearer for the guiltless and unblamed[⑫].

You cannot separate the just from the unjust and the good from the wicked;

For they stand together before the face of the sun even as the black thread and the white are woven together.

And when the black thread breaks, the weaver[⑬] shall look into the whole cloth, and he shall examine the loom[⑭] also.

---

① wayfarer：旅人，徒步旅行者

② stumbling：摇晃的

③ ay：唉，呜呼

④ sur：来自古法语的英语，与 super- 同义。

⑤ though...yet...：尽管……却……

⑥ the murdered：被谋杀的人，被杀者

⑦ unaccountable：不负责任的，无责任的

⑧ murder：谋杀，凶杀，指被害的事实。

⑨ innocent：无罪的；天真的

⑩ 参考译文：那廉洁的人对凶残行径也未必清白，是的，犯罪的人常常是被害者的牺牲品。（钱满素译）（white-handed：清白的；felon：重罪犯；yea：是的）

⑪ condemned：被责难的；被告有罪的

⑫ unblamed：未受责备的，清白的

⑬ weaver：织工，编织者

⑭ loom：织布机

If any of you would bring judgment the unfaithful wife,

Let him[①] also weight[②] the heart of her husband in scales[③], and measure his soul with measurements[④].

And let him who would lash[⑤] the offender look unto the spirit of the offended.

And if any of you would punish in the name of righteousness and lay the ax[⑥] unto the evil tree, let him see to[⑦] its roots;

And verily[⑧] he will find the roots of the good and the bad, the fruitful and the fruitless[⑨], all entwined[⑩] together in the silent heart of the earth.

And you judges[⑪] who would be just,

What judgment pronounce you upon him who though honest in the flesh yet is a thief in spirit?[⑫]

What penalty[⑬] lay you upon him who slays[⑭] in the flesh yet is himself slain in the spirit?

And how prosecute you him who in action is a deceiver and an oppressor,[⑮]

Yet who also is aggrieved[⑯] and outraged[⑰]?

---

① him：指前一句中提到的 any of you。

② weight：（用天平）称，衡量

③ scale：天平；规模

④ measurement：尺子

⑤ lash：鞭打；责骂

⑥ ax：斧子

⑦ see to：注意

⑧ verily：真正地

⑨ the fruitful and the fruitless：能结果实和不能结果实的树根

⑩ entwine：缠绕，盘绕

⑪ judge：法官

⑫ 参考译文：你们将怎样裁判那忠诚其外而盗窃其中的人？（冰心译）（pronounce：宣判，判断）

⑬ penalty：处罚，惩罚

⑭ slay：杀死，杀害（后面的 slain 是过去分词）

⑮ 此句为倒装句，正确语序为 And how you prosecute him...。参考译文：对那行为欺诈压迫人的人，你们将如何起诉。（钱满素译）（prosecute：检举，起诉；deceiver：欺诈者，骗人者；oppressor：压迫者）

⑯ aggrieved：受委屈的，愤愤不平的

⑰ outraged：气愤的，义愤填膺的

And how shall you punish those whose remorse[①] is already greater than their misdeeds[②]?

Is not remorse the justice which is administered[③] by that very law which you would fain[④] serve?

Yet you cannot lay remorse upon the innocent nor lift it from the heart of the guilty.

Unbidden shall it call in the night, that men may wake and gaze upon themselves.[⑤]

And you who would understand justice, how shall you unless you look upon all deeds in the fullness of light?

Only then shall you know that the erect[⑥] and the fallen are but one man standing in twilight[⑦] between the night of his pigmy-self and the day of his god-self,

And that the corner-stone[⑧] of the temple is not higher than the lowest stone in its foundation[⑨].

---

① remorse：懊悔，悔恨；自责

② misdeeds：违法行为；罪责

③ administer：执行，实施

④ fain：不得不的；欣然地

⑤ 参考译文：它不用吩咐，便在夜间呼唤，人们会醒来，自我反省。（钱满素译）（unbidden：未受邀请的，自愿的；gaze：凝视）

⑥ erect：树立，挺立

⑦ twilight：薄暮，黄昏

⑧ corner-stone：奠基石；隅石

⑨ foundation：地基；基础

On Laws[①]

Then a lawyer said, But what of our Laws, master?

And he answered:

You delight in laying down[②] laws,

Yet you delight more in breaking them.

Like children playing by the ocean who build sand-towers with constancy[③] and then destroy them with laughter.

But while you build your sand-towers the ocean brings more sand to the shore,

And when you destroy them, the ocean laughs with[④] you.

Verily[⑤] the ocean laughs always with the innocent.

But what of those to whom life is not an ocean, and man-made laws are not sand-towers,

But to whom life is a rock, and the law a chisel[⑥] with which they would carve it in their own likeness[⑦]?

What of the cripple[⑧] who hates dancers?

What of the ox who loves his yoke and deems the elk and deer of

---

① 在纪伯伦看来，不犯法比制定法律好得多。
② lay down：制定，立下（法律、规矩等）
③ constancy：不屈不挠，坚定不移；持久不变的性质
④ laughs with：与……同声笑
⑤ verily：实际上，真的
⑥ chisel：刻，凿；凿子
⑦ in one's own likeness：随意，任意
⑧ cripple：使跛；受伤致残

the forest stray and vagrant things?[①]

What of the old serpent who cannot shed his skin[②], and calls all others naked and shameless?

And of him who comes early to the wedding-feast, and when overfed and tired goes his way saying that all feasts are violation[③] and all feasters law-breakers?

What shall I say of these save that they too stand in the sunlight, but with their backs to the sun?

They see only their shadows, and their shadows are their laws.

And what is the sun to them but a caster of shadows?[④]

And what is it to acknowledge the laws but to stoop[⑤] down and trace their shadows upon the earth?

But you who walk facing the sun, what images drawn on the earth can hold you?

You who travel with the wind, what weather vane[⑥] shall direct your course?

What man's law shall bind[⑦] you if you break your yoke but upon no man's prison door?

What laws shall you fear if you dance but stumble[⑧] against no man's iron chains?

And who is he that shall bring you to judgment if you tear off your garment yet leave it in no man's path?

People of Orphalese, you can muffle[⑨] the drum, and you can

---

① 参考译文：对于那自己喜欢笼头，却把林中麋鹿视为流离失所的公牛，又当如何呢？（钱满素译）（ox：公牛；deem：认为，视作；elk：麋鹿；stray：离群，走失；vagrant：流浪者，漂泊者）

② shed his skin：蜕皮

③ violation：违法；侵害

④ 参考译文：太阳对于他们，不只是一个射影者吗？（冰心译）

⑤ stoop：弯腰，屈身；屈尊

⑥ vane：风向标；叶片

⑦ bind：约束；装订

⑧ stumble：绊脚；出错

⑨ muffle：蒙住，裹住；抑制

loosen the strings of the lyre[①], but who shall command the skylark[②] not to sing?

---

① lyre：（古希腊的）七弦竖琴

② skylark：云雀

On Freedom[①]

And an orator[②] said, "Speak to us of Freedom."

And he answered:

At the city gate and by your fireside I have seen you prostrate[③] yourself and worship[④] your own freedom,

Even as slaves humble[⑤] themselves before a tyrant[⑥] and praise him though he slays[⑦] them.

Ay, in the grove[⑧] of the temple and in the shadow of the citadel[⑨] I have seen the freest[⑩] among you wear their freedom as a yoke and a handcuff[⑪].

And my heart bled within me; for you can only be free when even the desire of seeking freedom becomes a harness[⑫] to you, and when you cease to[⑬] speak of freedom as a goal and a fulfillment.

You shall be free indeed when your days are not without a care nor your nights without a want and a grief,

---

① 纪伯伦认为自由是相对的，也正是对自由的追求使我们变得不自由。
② orator：演说家，演讲家
③ prostrate：卧倒，使拜倒
④ worship：崇拜，崇敬
⑤ humble：使谦恭，使卑下；谦逊的
⑥ tyrant：暴君
⑦ slay：残杀，杀害（多用于书面语）
⑧ grove：小树林，树丛
⑨ citadel：城堡，堡垒
⑩ freest：自由，free 的最高级
⑪ handcuff：手铐
⑫ harness：马具，挽具
⑬ cease to do sth.：不再做某事，停止做某事（例如：He ceased to work. 他停止了工作。）

But rather when these things girdle your life and yet you rise above them naked and unbound.①

And how shall you rise beyond your days and nights unless you break the chains which you at the dawn of your understanding have fastened around your noon hour?②

In truth that which you call freedom is the strongest of these chains, though its links glitter③ in the sun and dazzle④ the eyes.

And what is it but fragments of your own self you would discard that you may become free?⑤

If it is an unjust law you would abolish⑥, that law was written with your own hand upon your own forehead.

You cannot erase it by burning your law books nor by washing the foreheads of your judges, though you pour⑦ the sea upon them.

And if it is a despot⑧ you would dethrone⑨, see first that his throne⑩ erected⑪ within you is destroyed.

For how can a tyrant rule the free and the proud, but for a tyranny⑫ in their own freedom and a shame in their won⑬ pride?

And if it is a care you would cast off⑭, that care has been chosen

---

① 参考译文：当你的在白天有着牵挂的时候，黑夜无不需求和悲痛时，你也应该是真正自由的。倒是当这些事情束缚了你的生活时，你坦率而超脱地跃然其上。（want：需求，希望；grief：悲伤，悲痛；girdle：腰带，围绕；unbound：解脱束缚的）

② 参考译文：可是你若不砸碎那锁链，又如何能超越白大黑夜？你在刚懂事时，便用这锁链拴住了你正午的时光。（钱满素译）（dawn：黎明，破晓；fasten：系紧，拴牢）

③ glitter：闪耀，闪烁

④ dazzle：使……目眩；耀眼，眼花缭乱

⑤ 此句为反问句，正常语序为 It is but fragments of your own self you would discard that you may become free，其中 it 是形式主语，真正的主语是 that you may become free。参考译文：变得自由仅仅是你们想抛弃的自身上的碎片。

⑥ abolish：废除，废止

⑦ pour：倾泻，倒

⑧ despot：专制君主，暴君

⑨ dethrone：废黜；罢免

⑩ throne：宝座，御座

⑪ erect：竖立；建立

⑫ tyranny：暴政

⑬ won：赢得的，获得的

⑭ cast off：丢弃

by you rather than imposed[1] upon you.

And if it is a fear you would dispel[2], the seat of that fear is in your heart and not in the hand of the feared[3].

Verily all things move within your being in constant half embrace, the desired and the dreaded, the repugnant and the cherished, the pursued and that which you would escape.[4]

These things move within you as lights and shadows in pairs that cling[5].

And when the shadow fades and is no more, the light that lingers[6] becomes a shadow to another light.

And thus your freedom when it loses its fetters[7] becomes itself the fetter of a greater freedom.

---

① impose：强加于

② dispel：驱散，赶跑

③ feared：被害怕的

④ 参考译文：实际上在你内心中开展的事情都在不断半抱在一起，欲望与恐惧，珍爱与厌恶，逃避与追逐。（dreaded：令人畏惧的；repugnant：矛盾的；令人厌恶的）

⑤ cling：紧贴着

⑥ linger：徘徊，逗留；缓慢消失

⑦ fetter：束缚；脚镣

On Reason and Passion[①]

And the priestess spoke again and said: Speak to us of Reason and Passion.

And he answered saying:

Your soul is oftentimes a battlefield, upon which your reason and your judgment wage[②] war against passion and your appetite.

Would that I could be the peacemaker[③] in your soul, that I might turn the discord[④] and the rivalry[⑤] of your elements into oneness[⑥] and melody.

But how shall I, unless you yourselves be also the peacemakers[⑦], nay, the lovers of all your elements?

Your reason and your passion are the rudder[⑧] and the sails of your seafaring[⑨] soul.

If either your sails or our rudder be broken, you can but toss[⑩] and drift, or else be held at a standstill[⑪] in mid-seas.

---

① 纪伯伦认为，理性和热情是人不可或缺的两样东西。
② wage：发动，开展；薪水
③ peacemaker：调停人，调解人
④ discord：不和，纷争
⑤ rivalry：竞争，对抗
⑥ oneness：同一性，单一性
⑦ peacemaker：调解者，和事佬
⑧ rudder：舵
⑨ seafaring：航海的，水上的
⑩ toss：摇荡，颠簸
⑪ standstill：停止，停顿

For reason, ruling alone, is a force confining[①]; and passion, unattended[②], is a flame that burns to its own destruction.

Therefore let your soul exalt[③] your reason to the height of passion, that it may sing;

And let it direct your passion with reason, that your passion may live through its own daily resurrection[④], and like the phoenix rise above its own ashes[⑤].

I would have you consider your judgment and your appetite even as you would two loved guests in your house.

Surely you would not honour[⑥] one guest above the other; for he who is more mindful of one loses the love and the faith of both.

Among the hills, when you sit in the cool shade of the white poplars[⑦], sharing the peace and serenity[⑧] of distant fields and meadows — then let your heart say in silence, "God rests in reason."

And when the storm comes, and the mighty wind shakes the forest, and thunder and lightning proclaim[⑨] the majesty[⑩] of the sky, — then let your heart say in awe[⑪], "God moves in passion."

And since you are a breath in God's sphere, and a leaf in God's forest, you too should rest in reason and move in passion.[⑫]

---

① confining：限制的，拘束的
② unattended：无人陪伴，无人照料的
③ exalt：赞扬，歌颂；提升
④ resurrection：复活，复兴
⑤ the phoenix rise above its own ashes：凤凰涅槃，浴火重生
⑥ honour：给……以荣誉
⑦ poplar：杨树
⑧ serenity：平静，宁静
⑨ proclaim：宣称；显示
⑩ majesty：威严；权威，王权
⑪ awe：敬畏；使畏怯
⑫ 参考译文：只因你们是上帝气息中的一息，是上帝丛林中的一叶，你们也要同他一起在理性中安息，在热情中运行。（冰心译，有改动）

On Pain[①]

And a woman spoke, saying, Tell us of Pain.

And he said:

Your pain is the breaking of the shell that encloses your understanding.[②]

Even as the stone[③] of the fruit must break, that its heart may stand in the sun, so must you know pain.

And could you keep your heart in wonder at[④] the daily miracles of your life, your pain would not seem less wondrous[⑤] than your joy;

And you would accept the seasons of your heart, even as you have always accepted the seasons that pass over your fields.

And you would watch with serenity[⑥] through the winters of your grief[⑦].

Much of your pain is self-chosen.

It is the bitter potion[⑧] by which the physician within you heals your sick self.

Therefore trust the physician, and drink his remedy in silence and tranquility[⑨]:

---

① 在这首散文诗中，纪伯伦告诉我们苦痛是必然的，同时需要我们自身去慢慢消除。
② 参考译文：你的苦痛是你那包裹知识的皮壳的破碎。（冰心译）
③ stone：指果壳。
④ in wonder at：赞叹，感叹
⑤ wondrous：奇妙的，非常的
⑥ serenity：平静；沉着
⑦ the winters of your grief：指心理凄凉的冬日。
⑧ potion：一副药，一剂药
⑨ tranquility：平静，安宁

For his hand, though heavy and hard, is guided by the tender hand of the Unseen,①

And the cup he brings, though it burn your lips, has been fashioned of the clay which the Potter has moistened with His own sacred tears.②

---

① 参考译文：因为他的手虽然重而有力，但却有冥冥中温柔之手指导（冰心译，略有改动）

② 参考译文：他带来的杯子虽然灼烧你的嘴唇，却是由陶工用他自己神圣的泪水，和湿泥土制成。（钱满素译）（fashion：时尚；做成……的形状；moisten：使变湿润）

On Self-Knowledge[1]

And a man said, Speak to us of Self-Knowledge.

And he answered, saying:

Your hearts know in silence the secrets of the days and the nights.

But your ears thirst for[2] the sound of your heart's knowledge.

You would know in words that which you have always known in thought.

You would touch with your fingers the naked body of your dreams.

And it is well you should.

The hidden well-spring[3] of your soul must needs rise and run murmuring to the sea;

And the treasure of your infinite depths would be revealed to your eyes.

But let there be no scales to weigh your unknown treasure;

And seek not the depths of your knowledge with staff or sounding line.[4]

For self is a sea boundless and measureless[5].

---

① 在《自知》一篇中，纪伯伦谈及对自知的体会。

② thirst for：渴望

③ well-spring：源泉，水源

④ 参考译文：也不要用标杆或测深绳索，去探寻你知识的深度。（钱满素译）（staff：长杆，标杆；sounding：带尺度的，测量的）

⑤ measureless：不可量的，无限的

Say not, "I have found the truth," but rather, "I have found a truth."

Say not, "I have found the path of the soul." Say rather, "I have met the soul walking upon my path."

For the soul walks upon all paths.

The soul walks not upon a line, neither does it grow like a reed[①].

The soul unfolds itself, like a lotus of countless petals[②].

① reed：芦苇；簧片

② petal：花瓣

On Teaching[1]

Then said a teacher, Speak to us of Teaching.

And he said:

No man can reveal to you aught but that which already lies half asleep in the dawning[2] of our knowledge.

The teacher who walks in the shadow of the temple, among his followers, gives not of his wisdom but rather of his faith and his lovingness.[3]

If he is indeed wise he does not bid you enter the house of his wisdom, but rather leads you to the threshold[4] of your own mind.

The astronomer[5] may speak to you of his understanding of space, but he cannot give you his understanding.

The musician may sing to you of the rhythm which is in all space, but he cannot give you the ear which arrests[6] the rhythm nor the voice that echoes it.

And he who is versed[7] in the science of numbers can tell of the

---

① 纪伯伦表达了一个重要观点：一个人不能把他理想的翅翼借给别人（For the vision of one man lends not its wings to another man），我们可以去教授一个人，但必须靠他自己去接受，去思考。

② dawning：拂晓；开端

③ 参考译文：在殿宇的阴影里，在弟子中间踱步的老师，不是传授智慧，而是在传授忠信与仁慈。（冰心译，有改动）

④ threshold：门槛

⑤ astronomer：天文学家

⑥ arrest：逮捕；吸引

⑦ versed：精通的，熟练的

regions of weight and measure, but he cannot conduct you thither[①].

For the vision of one man lends not its wings to another man.

And even as each one of you stands alone in God's knowledge, so must each one of you be alone in his knowledge of God and in his understanding of the earth.[②]

① thither：向那边，向那方

② 参考译文：犹如上帝对你们每个人有不同理解，你们也必须独自去理解上帝和世界。（钱满素译）

On Friendship[①]

And a youth said, Speak to us of Friendship.

And he answered saying:

Your friend is your needs answered[②].

He is your field which you sow with love and reap[③] with thanksgiving[④].

And he is your board[⑤] and your fireside[⑥].

For you come to him with your hunger, and you seek him for peace.

When your friend speaks his mind you fear not the "nay" in your own mind, nor do you withhold the "ay".[⑦]

And when he is silent your heart ceases[⑧] not to listen to his heart;

For without words, in friendship, all thoughts, all desires, all expectations are born and shared, with joy that is unacclaimed[⑨].

When you part[⑩] from your friend, you grieve not;

---

① 在纪伯伦看来，友谊的目的就是寻求心灵的加深，别无其他。

② answer：满足；回报

③ reap：收获，收割

④ thanksgiving：感恩

⑤ board：伙食

⑥ fireside：壁炉

⑦ 参考译文：当你的朋友诉说他的想法时，不要怕自己否定他，也不要保留对他的赞成。（nay：不，否；ay：赞成票）

⑧ cease：停止

⑨ unacclaimed：没有说出来的，没有说明的

⑩ part：使离开，分离

For that which you love most in him may be clearer in his absence[①], as the mountain to the climber is clearer from the plain[②].

And let there be no purpose in friendship save the deepening[③] of the spirit.

For love that seeks aught but the disclosure of its own mystery is not love but a net cast forth: and only the unprofitable is caught.[④]

And let your best be for your friend.[⑤]

If he must know the ebb[⑥] of your tide, let him know its flood also.

For what is your friend that you should seek him with hours to kill[⑦]?

Seek him always with hours to live.[⑧]

For it is his[⑨] to fill your need, but not your emptiness[⑩].

And in the sweetness of friendship let there be laughter, and sharing of pleasures.

For in the dew[⑪] of little things the heart finds its morning and is refreshed.

---

① in his absence：在他不在的时候，在他离开的时候

② plain：平原

③ deepen：加深

④ 参考译文：因为那不在探究自身神秘的爱不是爱，而是一个撒下的网：只有那无益的才被网住。（钱满素译）（disclosure：公开，揭露；unprofitable：无利益的；没有用的）

⑤ 参考译文：在朋友面前展现最好的你。

⑥ ebb：退潮；衰退

⑦ kill hours：消磨时光

⑧ 参考译文：要在生活的时间里去找他。

⑨ his：指 his hours。

⑩ emptiness：空虚

⑪ dew：露水

On Talking[1]

And then a scholar said, Speaking of Talking.

And he answered, saying:

You talk when you cease[2] to be at peace with your thoughts;

And when you can no longer dwell in the solitude[3] of your heart you live in your lips, and sound is a diversion[4] and a pastime.

And in much of your talking, thinking is half murdered.

For thought is a bird of space, that in a cage of words may indeed unfold its wings but cannot fly.

There are those among you who seek the talkative through fear of being alone.

The silence of aloneness reveals to their eyes their naked selves and they would escape.

And there are those who talk, and without knowledge or forethought reveal a truth which they themselves do not understand.[5]

And there are those who have the truth within them, but they tell it not in words.

In the bosom[6] of such as these the spirit dwells in rhythmic[7]

① 纪伯伦认为谈话要表达思想，思想才是永恒的。

② cease：停止，终止

③ solitude：独居；孤独

④ diversion：娱乐，消遣

⑤ 参考译文：也有些说话的人，并没有知识和考虑，却要启示一种他们自己所不明白的真理。（冰心译）

⑥ bosom：胸襟，怀抱

⑦ rhythmic：有节奏的，合拍的

silence.

When you meet your friend on the roadside or in the marketplace, let the spirit in you move your lips and direct your tongue.[①]

Let the voice within your voice speak to the ear of his ear;

For his soul will keep the truth of your heart as the taste of the wine is remembered.

When the colour is forgotten and the vessel[②] is no more[③].

① 参考译文：当你在道旁或市场遇见你朋友的时候，让你的心灵，运用你的嘴唇，指引你的舌头。

② vessel：器皿；血管

③ no more：不再

On Time[①]

And an astronomer said, "Master, what of Time?"

And he answered:

You would measure time the measureless and the immeasurable[②].

You would adjust your conduct and even direct the course of your spirit according to hours and seasons.

Of time you would make a stream upon whose bank you would sit and watch its flowing.[③]

Yet the timeless[④] in you is aware of life's timelessness,

And knows that yesterday is but today's memory and tomorrow is today's dream.

And that which sings and contemplates[⑤] in you is still dwelling within the bounds of that first moment which scattered the stars into space.

Who among you does not feel that his power to love is boundless?

And yet who does not feel that very love, though boundless, encompassed within the centre of his being, and moving not from love

---

① 纪伯伦告诉我们，时间是不可以划分的。

② immeasurable：不可测量的

③ 参考译文：你要把时光当作一条溪水，你要坐在岸旁，看它流逝。（冰心译）（upon whose bank you would sit and watch its flowing 作定语从句，修饰 stream。）

④ timeless：无时间限制的，不受时间影响的

⑤ contemplate：深思；注视

thought to love thought, nor from love deeds to other love deeds?①

And is not time even as love is, undivided② and spaceless③?

But if in you thought you must measure time into seasons, let each season encircle④ all the other seasons,

And let today embrace the past with remembrance⑤ and the future with longing⑥.

① 参考译文：然而谁不感到那爱虽则无穷，却总超不出自己的中心，并不转移爱的思念，也不另觅爱的行为？（钱满素译）(encompass：围绕，包围)

② undivided：未分开的；一心一意的

③ spaceless：无限的

④ encircle：包围，环绕

⑤ remembrance：纪念；纪念品；回忆

⑥ longing：渴望

On Good and Evil

And one of the elders of the city said, Speak to us of Good and Evil.

And he answered:

Of the good in you I can speak, but not of the evil.

For what is evil but good tortured by its own hunger and thirst?①

Verily when good is hungry it seeks food even in dark caves, and when it thirsts, it drinks even of dead waters②.

You are good when you are one with yourself.

Yet when you are not one with yourself you are not evil.

For a divided house is not a den of thieves; it is only a divided house.③

And a ship without rudder④ may wander aimlessly among perilous⑤ isles yet sink not to the bottom.

You are good when you strive⑥ to give of⑦ yourself.

Yet you are not evil when you seek gain for yourself.

For when you strive for gain you are but a root that clings⑧ to

---

① 参考译文：恶是什么呢，不就是善被自己的饥渴折磨而成？（钱满素译）

② dead waters：死水

③ 参考译文：你做自己的时候是好的，不做自己的时候也并非是罪恶的，因为分裂的家不是贼窝，只是分裂的家。（divided：分裂的，分离的；den：窝穴；贼窝）

④ rudder：舵

⑤ perilous：危险的，冒险的

⑥ strive：努力，奋斗

⑦ give of：奉献

⑧ cling：黏着，附着

the earth and sucks at her breast[①].

Surely the fruit cannot say to the root, "Be like me, ripe[②] and full and ever giving of your abundance[③]."

For to the fruit giving is a need, as receiving is a need to the root.

You are good when you are fully awake in your speech,

Yet you are not evil when you sleep while your tongue staggers[④] without purpose.

And even stumbling speech may strengthen a weak tongue.[⑤]

You are good when you walk to your goal firmly and with bold[⑥] steps.

Yet you are not evil when you go thither[⑦] limping[⑧].

Even those who limp go not backward.

But you who are strong and swift, see that you do not limp before the lame[⑨], deeming it kindness.

You are good in countless ways, and you are not evil when you are not good,

You are only loitering[⑩] and sluggard[⑪].

Pity that the stags cannot teach swiftness[⑫] to the turtles.

In your longing for your giant self lies your goodness: and that longing is in all of you.

---

① sucks at her breast：吸吮大地的乳汁
② ripe：成熟的
③ abundance：大量，充足
④ staggers：蹒跚
⑤ 参考译文：哪怕是笨拙的讲话，也能够使柔弱的舌头坚强。（钱满素译，有改动）
⑥ bold：勇敢，无畏；莽撞
⑦ thither：到那边，向那边（古英语）
⑧ limping：跛脚的，瘸的
⑨ lame：瘸的
⑩ loiter：闲逛，游荡
⑪ sluggard：游手好闲的；懒惰的
⑫ swiftness：快，迅速

But in some of you that longing is a torrent rushing with might to the sea, carrying the secrets of the hillsides and the songs of the forest.①

And in others it is a flat stream that loses itself in angles and bends and lingers before it reaches the shore.②

But let not him who longs much say to him who longs little, "Wherefore are you slow and halting③?"

For the truly good ask not the naked, "Where is your garment?" nor the houseless, "What has befallen④ your house?"

① 参考译文：但在你们有的人心中，那渴望是急流，汹涌地奔向大海，夹带着山坡的奥秘和森林的歌唱。（钱满素译）（torrent：激流，洪流；might：力量，威力）

② 参考译文：在另外一些人心中，它是平静的溪流，在拐角处迷了路，曲曲弯弯，迟迟疑疑才归入大海。（钱满素译）

③ halt：停止；踌躇

④ befall：降临，发生

On Prayer[1]

Then a priestess said, "Speak to us of Prayer."

And he answered, saying:

You pray in your distress[2] and in your need; would that you might pray also in the fullness of your joy and in your days of abundance.

For what is prayer but the expansion of yourself into the living ether[3]?

And if it is for your comfort to pour your darkness into space, it is also for your delight to pour forth the dawning of your heart.

And if you cannot but weep when your soul summons[4] you to prayer, she should spur[5] you again and yet again, though weeping, until you shall come laughing.

When you pray you rise to meet in the air those who are praying at that very hour, and whom save in prayer you may not meet.

Therefore let your visit to that temple invisible be for naught but ecstasy and sweet communion[6].

For if you should enter the temple for no other purpose than

---

① prayer：祈祷，祷告（纪伯伦认为，无论悲伤还是欢乐都要祈祷，祈祷不需要语言，祈祷不是提出要求。）

② distress：悲痛，痛苦

③ ether：以太

④ summon：召唤，召集

⑤ spur：激励，鼓舞

⑥ communion：交流

asking you shall not receive.[①]

And if you should enter into it to humble yourself you shall not be lifted:[②]

Or even if you should enter into it to beg for the good of others you shall not be heard.

It is enough that you enter the temple invisible.

I cannot teach you how to pray in words.

God listens not to your words save when He Himself utters[③] them through your lips.

And I cannot teach you the prayer of the seas and the forests and the mountains.

But you who are born of the mountains and the forests and the seas can find their prayer in your heart,

And if you but listen in the stillness of the night you shall hear them saying in silence,

"Our God, who art our winged self, it is thy will in us that willeth.[④]

It is thy desire in us that desireth.

It is thy urge in us that would turn our nights, which are thine[⑤], into days which are thine also.

We cannot ask thee for aught, for thou knowest[⑥] our needs before they are born in us:

"Thou art our need; and in giving us more of thyself thou givest us all."

---

① 参考译文：因为倘若你进殿只为提出要求，你将不会得到。（钱满素译）

② 参考译文：倘若你进殿只为表现自卑，你将不会被提升。（钱满素译，有改动）

③ utter：讲，以口发出声音

④ 参考译文：我们的上帝，也就是我们生翼的自我，是你的意志在我们体内行使意志。（art：古语中 be 的变体；thy：你的；willeth：相当于 wills，下决心，用意志力使……；-eth：古英语动词的第三人称单数现在式的词尾，相当于现在第三人称单数现在时加 s，下文中 desireth 用法相同）

⑤ thine：你的（相当于 yours，古英语用法）

⑥ knowest：古英语中将最高级用于动词词尾，相当于 know...best...，与下文中 givest 用法相同。

On Pleasure[1]

Then a hermit[2], who visited the city once a year, came forth and said, Speak to us of Pleasure.

And he answered, saying:

Pleasure is a freedom-song[3],

But it is not freedom.

It is the blossoming of your desires,

But it is not their fruit.

It is a depth calling unto a height,

But it is not the deep nor the high.

It is the caged taking wing,

But it is not space encompassed.[4]

Ay, in very truth[5], pleasure is a freedom-song.

And I fain[6] would have you sing it with fullness of heart; yet I would not have you lose your hearts in the singing.

Some of your youth seek pleasure as if it were all, and they[7] are judged and rebuked[8].

---

① 纪伯伦认为，欢乐就是自由之歌。

② hermit：隐士，隐居修道士

③ a freedom song：即 a song of freedom（自由之歌）。

④ 参考译文：它是深度在向高度召唤，但它不是深也不是高。它是笼中飞鸟展翅，但它不是周围的太空。（钱满素译）

⑤ in very truth：真正地，实际上

⑥ fain：不得不的，乐意的

⑦ they：指 some of your youth（一些年轻人）。

⑧ rebuke：责难，非难

I would not judge nor rebuke them. I would have them seek.

For they shall find pleasure, but not her alone:

Seven are her sisters, and the least of them is more beautiful than pleasure.

Have you not heard of the man who was digging in the earth for roots and found a treasure?

And some of your elders remember pleasures with regret like wrongs committed in drunkenness[①].

But regret is the beclouding[②] of the mind and not its chastisement[③].

They should remember their pleasures with gratitude, as they would the harvest of a summer.

Yet if it comforts them to regret, let them be comforted.

And there are among you those who are neither young to seek nor old to remember;

And in their fear of seeking and remembering they shun[④] all pleasures, lest[⑤] they neglect the spirit or offend against it.

But even in their foregoing is their pleasure.

And thus they too find a treasure though they dig for roots with quivering hands.

But tell me, who is he that can offend the spirit?

Shall the nightingale[⑥] offend the stillness of the night, or the firefly[⑦] the stars?

And shall your flame or your smoke burden the wind?

Think you the spirit is a still pool which you can trouble with a

---

① drunkenness：酩酊，醉态
② beclouding：蒙蔽，遮蔽
③ chastisement：惩罚，责罚
④ shun：避开，避免
⑤ lest：以免，唯恐
⑥ nightingale：夜莺
⑦ firefly：萤火虫

staff?[①]

Oftentimes in denying[②] yourself pleasure you do but store the desire in the recesses[③] of your being.

Who knows but that which seems omitted[④] today, waits for tomorrow?

Even your body knows its heritage and its rightful need and will not be deceived.

And your body is the harp[⑤] of your soul,

And it is yours to bring forth sweet music from it or confused sounds.[⑥]

And now you ask in your heart, "How shall we distinguish that which is good in pleasure from that which is not good?"

Go to your fields and your gardens, and you shall learn that it is the pleasure of the bee to gather honey of the flower,

But it is also the pleasure of the flower to yield its honey to the bee.

For to the bee a flower is a fountain of life,

And to the flower a bee is a messenger of love,

And to both, bee and flower, the giving and the receiving of pleasure is a need and an ecstasy.[⑦]

People of Orphalese, be in your pleasures like the flowers and the bees.

---

① 参考译文：你以为精神是一池静水，能用杆子去搅乱吗？（钱满素译）（trouble，折磨，使烦恼）

② deny：拒绝（例如：We were denied access to the Queen. 我们未被准许见女王。）

③ recess：遥远或隐秘的地方

④ omit：忘记，遗漏；删掉

⑤ harp：竖琴

⑥ 参考译文：是奏出优美的音乐，还是发出混乱的噪声，这全由你了。（钱满素译）

⑦ 参考译文：对于鲜花和蜜蜂双方来说，给予和接受欢乐，乃是需要和欣喜。（钱满素译，有改动）

On Beauty[①]

And a poet said, Speak to us of Beauty.

And he answered:

Where shall you seek beauty, and how shall you find her unless she herself be your way and your guide?

And how shall you speak of her except she be the weaver[②] of your speech?

The aggrieved[③] and the injured say, "Beauty is kind and gentle.

Like a young mother half-shy[④] of her own glory she walks among us."

And the passionate say, "Nay[⑤], beauty is a thing of might[⑥] and dread[⑦].

Like the tempest[⑧] he shakes the earth beneath us and the sky above us."

The tired and the weary say, "Beauty is of soft whisperings[⑨]. She speaks in our spirit.

---

① 纪伯伦认为，美不是一种需要，只是一种欢乐，来自人内心的一种感觉。
② weaver：编织者
③ aggrieved：受委屈的；受伤害的
④ half-shy：半含羞涩的
⑤ nay：不，否
⑥ might：力量，权威
⑦ dread：恐惧，恐怕
⑧ tempest：暴风雨；骚乱
⑨ whispering：呢喃，低语

Her voice yields to[1] our silences like a faint[2] light that quivers[3] in fear of the shadow."

But the restless[4] say, "We have heard her shouting among the mountains,

And with her cries came the sound of hoofs[5], and the beating of wings and the roaring[6] of lions."

At night the watchmen[7] of the city say, "Beauty shall rise with the dawn from the east."

And at noontide[8] the toilers[9] and the wayfarers[10] say, "We have seen her leaning over[11] the earth from the windows of the sunset."

In winter say the snow-bound[12], "She shall come with the spring leaping[13] upon the hills."

And in the summer heat the reapers[14] say, "We have seen her dancing with the autumn leaves, and we saw a drift[15] of snow in her hair."

All these things have you said of beauty.

Yet in truth you spoke not of her but of needs unsatisfied,[16]

And beauty is not a need but an ecstasy.

It is not a mouth thirsting nor an empty hand stretched forth,

---

① yield to：让步于，屈服
② faint：晕倒，昏倒
③ quiver：微颤，抖动
④ restless：不安定的，坐立不安的
⑤ hoof：步行；蹄；踢
⑥ roar：咆哮，吼叫
⑦ watchman：守望者，守护者
⑧ noontide：正午时分，日中时分
⑨ toiler：劳动者，辛苦工作的人
⑩ wayfarers：旅人，徒步旅行者
⑪ lean over：倾身，俯下身子
⑫ snow-bound：被雪困住的
⑬ leap：跳；跳跃
⑭ reaper：收割者
⑮ drift：漂流，漂移，漂泊
⑯ 参考译文：但其实，你们说的不是她，而是你们尚未满足的需求。(钱满素译)(speak of：谈到，提及)

But rather a heart enflamed[1] and a soul enchanted[2].

It is not the image you would see nor the song you would hear,

But rather an image you see though you close your eyes and a song you hear though you shut your ears.

It is not the sap[3] within the furrowed[4] bark[5], nor a wing attached to a claw[6],

But rather a garden for ever in bloom and a flock of[7] angels for ever in flight.

People of Orphalese[8], beauty is life when life unveils her holy face.

But you are life and you are the veil[9].

Beauty is eternity[10] gazing at itself in a mirror.

But you are eternity and you are the mirror.

---

① enflame：燃烧

② enchant：使迷惑；施魔法

③ sap：树液；精力，元气

④ furrowed：有沟痕的

⑤ bark：树皮

⑥ claw：爪，钳

⑦ a flock of：一群（人、羊等）

⑧ Orphalese：阿法利斯（又译作奥法里斯），先知及百姓们所在岛屿，是纪伯伦假想出来的一个岛。

⑨ veil：面纱，遮盖物

⑩ eternity：来世；不朽

On Religion[1]

And an old priest said, Speak to us of Religion.

And he said:

Have I spoken this day of aught else?

Is not religion all deeds and all reflection[2],

And that which is neither deed nor reflection, but a wonder and a surprise ever springing in the soul, even while the hands hew[3] the stone or tend[4] the loom[5]?

Who can separate his faith from his actions, or his belief from his occupations[6]?

Who can spread his hours before him, saying, "This for God and this for myself; This for my soul, and this other for my body?"

All your hours are wings that beat through space from self to self.

He who wears his morality[7] but as his best garment were better naked.

The wind and the sun will tear no holes in his skin.

And he who defines his conduct by ethics imprisons his song-bird in a cage.[8]

---

① 纪伯伦告诉我们信仰与行为和职业密不可分。

② reflection：反省，反思

③ hew：劈，砍

④ tend：照料；倾；控制

⑤ loom：织布机

⑥ occupation：职业

⑦ morality：美德

⑧ 参考译文：那用伦理界定自己行为的人，是把他的啼鸟囚于笼中。（钱满素译）（conduct：行为；实施；ethics：伦理学）

The freest song comes not through bars and wires.

And he to whom worshipping is a window, to open but also to shut, has not yet visited the house of his soul whose windows are from dawn to dawn.[①]

Your daily life is your temple and your religion.

Whenever you enter into it take with you your all.

Take the plough and the forge[②] and the mallet[③] and the lute[④],

The things you have fashioned in necessity or for delight.

For in revery[⑤] you cannot rise above your achievements nor fall lower than your failures.

And take with you all men: For in adoration[⑥] you cannot fly higher than their hopes nor humble yourself lower than their despair[⑦].

And if you would know God be not therefore a solver[⑧] of riddles[⑨].

Rather look about you and you shall see Him[⑩] playing with your children.

And look into space; you shall see Him walking in the cloud, outstretching His arms in the lightning and descending in rain.

You shall see Him smiling in flowers, then rising and waving His hands in trees.

---

① 参考译文：那把崇拜看做可开可关的窗户的人，还未曾探访过自己的灵魂，那儿的窗户天天敞开。（钱满素译）

② forge：熔炉；锻造

③ mallet：木槌，棒

④ lute：鲁特琴（也称琉特琴，是一种曲颈拨弦乐器。一般这个词主要指中世纪到巴洛克时期在欧洲使用的一类古乐器的总称，是文艺复兴时期欧洲最最风靡的家庭独奏乐器。在广义的乐器分类中，把类似的乐器统称为“琉特属”，因此吉他、中国琵琶、日本琵琶等都可以包括在内。）

⑤ revery：空想

⑥ adoration：爱慕；崇拜

⑦ despair：绝望；使人绝望的事物

⑧ solver：解决者，解答者

⑨ riddle：谜语，筛

⑩ Him：指上文提到的 God。

On Death[1]

Then Almitra spoke, saying, We would ask now of Death.

And he said:

You would know the secret of death.

But how shall you find it unless you seek it in the heart of life?

The owl whose night-bound eyes[2] are blind unto the day cannot unveil the mystery of light.

If you would indeed behold the spirit of death, open your heart wide unto the body of life.

For life and death are one, even as the river and the sea are one.

In the depth of your hopes and desires lies your silent knowledge of the beyond[3];

And like seeds dreaming beneath the snow your heart dreams of spring.

Trust the dreams, for in them is hidden the gate to eternity[4].

Your fear of death is but the trembling of the shepherd when he stands before the king whose hand is to be laid upon him in honour.[5]

Is the shepherd not joyful beneath his trembling, that he shall wear the mark of the king[6]?

---

① 纪伯伦认为，生死是一体的，犹如江河和大海是一体的。

② night-bound eyes：夜间睁开的眼睛

③ the beyond：彼岸

④ eternity：来世；不朽（宗教）

⑤ 参考译文：你们对死亡的恐惧，只是牧羊人站在国王面前，因御手的恩抚而战栗。（钱满素译，有改动）

⑥ wear the mark of the king：带有国王的印记

Yet is he not more mindful[①] of his trembling?

For what is it to die but to stand naked in the wind and to melt into the sun?

And what is to cease breathing, but to free the breath from its restless[②] tides, that it may rise and expand and seek God unencumbered[③]?

Only when you drink from the river of silence shall you indeed sing.

And when you have reached the mountain top, then you shall begin to climb.

And when the earth shall claim[④] your limbs, then shall you truly dance.

① mindful：注意的，在意的
② restless：焦躁不安的；得不到满足的
③ unencumber：没有阻碍的
④ claim：声称断言；认领；索取

The Farewell[①]

And now it was evening.

And Almitra the seeress said, Blessed be this day and this place and your spirit that has spoken.

And he answered, Was it I who spoke? Was I not also a listener?

Then he descended the steps of the Temple and all the people followed him. And he reached his ship and stood upon the deck.

And facing the people again, he raised his voice and said:

People of Orphalese, the wind bids me leave you[②].

Less hasty am I than the wind, yet I must go.

We wanderers, ever seeking the lonelier way, begin no day where we have ended another day; and no sunrise finds us where sunset left us.[③]

Even while the earth sleeps we travel.

We are the seeds of the tenacious[④] plant, and it is in our ripeness[⑤] and our fullness of heart that we are given to the wind and are scattered.

Brief[⑥] were my days among you, and briefer still the words I

① 《言别》是《先知》这一散文诗集中最长的一篇。

② bid sb. do sth.：叫某人做某事（例如：The housekeeper bade me to enter. 管家叫我进去。）

③ 参考译文：我们流浪者，永远在寻找更孤寂的去处，从来不在结束一天的地方开始另一天，升起的太阳不会在曾经太阳落下的地方找到我们。（钱满素译，有改动）

④ tenacious：粘牢的，粘住的

⑤ ripeness：成熟，老练

⑥ brief：简短的，短暂的

have spoken.

But should my voice fade in your ears, and my love vanish[①] in your memory, then I will come again,

And with a richer heart and lips more yielding to the spirit will I speak.

Yea, I shall return with the tide,

And though death may hide me, and the greater silence enfold[②] me, yet again will I seek your understanding.

And not in vain will I seek.[③]

If aught I have said is truth, that truth shall reveal itself in a clearer voice, and in words more kin to your thoughts.[④]

I go with the wind, people of Orphalese, but not down into emptiness;

And if this day is not a fulfillment of your needs and my love, then let it be a promise till another day.

Man's needs change, but not his love, nor his desire that his love should satisfy his needs.

Know therefore, that from the greater silence I shall return.

The mist that drifts away at dawn, leaving but dew in the fields, shall rise and gather into a cloud and then fall down in rain.

And not unlike the mist have I been.

In the stillness of the night I have walked in your streets, and my spirit has entered your houses,

And your heart-beats were in my heart, and your breath was upon my face, and I knew you all.

Ay, I knew your joy and your pain, and in your sleep your dreams were my dreams.

---

① vanish：消失，消逝

② enfold：包裹；拥抱

③ 该句正常语序为 And I will seek not in vain（我的寻求不会徒劳无益。）

④ 参考译文：我若说出了什么真理，那真理将会以更清晰的声音，以和你们思想更接近的语言，自我显示。（钱满素译）（kin：亲戚，家属）

And oftentimes I was among you a lake among the mountains.[①]

I mirrored[②] the summits in you and the bending[③] slopes[④], and even the passing flocks of your thoughts and your desires.

And to my silence came the laughter of your children in streams, and the longing of your youths in rivers.

And when they reached my depth the streams and the rivers ceased not yet to sing.

But sweeter still than laughter and greater than longing came to me.

It was boundless in you;

The vast man[⑤] in whom you are all but cells and sinews[⑥];

He in whose chant[⑦] all your singing is but a soundless throbbing[⑧].

It is in the vast man that you are vast,

And in beholding him that I beheld you and loved you.

For what distances can love reach that are not in that vast sphere?

What visions, what expectations and what presumptions[⑨] can outsoar[⑩] that flight?

Like a giant oak tree covered with apple blossoms is the vast man in you.

His mind binds you to the earth, his fragrance lifts you into space, and in his durability[⑪] you are deathless[⑫].

You have been told that, even like a chain, you are as weak as

---

① 参考译文：我常在你们中间，如同群山环绕的湖泊。（钱满素译，有改动）
② mirror：映射；写照
③ bending：弯曲的
④ slope：倾斜；斜坡
⑤ vast man：巨人
⑥ sinew：筋，肌腱
⑦ chant：圣歌，赞美诗
⑧ throb：抽搐；跳动
⑨ presumption：假定；推测
⑩ outsoar：比……飞得高
⑪ durability：耐久性
⑫ deathless：不死的，不朽的

your weakest link.

This is but half the truth. You are also as strong as your strongest link.

To measure you by your smallest deed is to reckon the power of ocean by the frailty① of its foam②.

To judge you by your failures is to cast blame upon the seasons for their inconsistency③.

Ay, you are like an ocean,

And though heavy-grounded ships await the tide upon your shores, yet, even like an ocean, you cannot hasten your tides.

And like the seasons you are also,

And though in your winter you deny your spring,

Yet spring, reposing④ within you, smiles in her drowsiness⑤ and is not offended.

Think not I say these things in order that you may say the one to the other, "He praised us well. He saw but the good in us."

I only speak to you in words of that which you yourselves know in thought.

And what is word knowledge but a shadow of wordless knowledge?⑥

Your thoughts and my words are waves from a sealed⑦ memory that keeps records of our yesterdays,

And of the ancient days when the earth knew not us nor herself,

And of nights when earth was upwrought⑧ with confusion,

---

① frailty：虚弱；弱点
② foam：泡沫；水沫
③ inconsistency：矛盾
④ repose：休息；睡眠
⑤ drowsiness：睡意，困意；假寐
⑥ 参考译文：言语的知晓不就是无言的知晓的影子吗？（wordless：沉默的，无言的）
⑦ sealed：密封的，封印的
⑧ upwrought：即 wrought，炼制的，精制的

Wise men have come to you to give you of their wisdom. I came to take of your wisdom:

And behold I have found that which is greater than wisdom.

It is a flame spirit in you ever gathering more of itself,

While you, heedless① of its expansion, bewail the withering of your days.

It is life in quest of life in bodies that fear the grave②.

There are no graves here.

These mountains and plains are a cradle③ and a stepping-stone④.

Whenever you pass by the field where you have laid your ancestors look well thereupon, and you shall see yourselves and your children dancing hand in hand.

Verily you often make merry⑤ without knowing.

Others have come to you to whom for golden promises made unto your faith you have given but riches and power and glory.⑥

Less than a promise have I given, and yet more generous have you been to me.⑦

You have given me deeper thirsting after life.

Surely there is no greater gift to a man than that which turns all his aims into parching⑧ lips and all life into a fountain.

And in this lies my honour and my reward, —

That whenever I come to the fountain to drink I find the living water itself thirsty;

And it drinks me while I drink it.

---

① heedless：不注意，不留心

② grave：坟墓，墓穴

③ cradle：摇篮；发源地

④ stepping-stone：踏脚石；进身之阶

⑤ make merry：作乐，寻找欢乐

⑥ 参考译文：还有人也找过你们，为着他们对你们信仰的珍贵许诺，你们付给的不过是财富、权力和荣耀。（钱满素译）

⑦ 参考译文：我给的不及一诺，但你们对我却更为慷慨。（钱满素译）（这一句的前后两部分都是倒装句。）

⑧ parching：烘烤似的；焦干的

Some of you have deemed me proud and over-shy① to receive gifts.

Too proud indeed am I to receive wages, but not gifts.

And though I have eaten berries among the hills when you would have had me sit at your board,

And slept in the portico② of the temple where you would gladly have sheltered me,

Yet was it not your loving mindfulness③ of my days and my nights that made food sweet to my mouth and girdled④ my sleep with visions?

For this I bless you most:

You give much and know not that you give at all.

Verily the kindness that gazes⑤ upon itself in a mirror turns to stone,

And a good deed that calls itself by tender names becomes the parent to a curse.⑥

And some of you have called me aloof⑦, and drunk with my own aloneness,

And you have said, "He holds council with⑧ the trees of the forest, but not with men.

He sits alone on hill-tops and looks down upon our city."

True it is that I have climbed the hills and walked in remote places.

How could I have seen you save from a great height or a great distance?

---

① over-shy：过于害羞，过于腼腆

② portico：柱廊，门廊

③ mindfulness：留心，留意

④ girdled：环绕的

⑤ gaze：凝视，注视

⑥ 参考译文：那自称自道的善行会酿成诅咒。（钱满素译）

⑦ aloof：疏远的；冷淡的

⑧ hold council with...：与……商榷

How can one be indeed near unless he be far?

And others among you called unto me, not in words, and they said,

"Stranger, stranger, lover of unreachable heights, why dwell you among the summits[①] where eagles build their nests?

"Why seek you the unattainable[②]?

"What storms would you trap in your net,

"And what vaporous[③] birds do you hunt in the sky?

"Come and be one of us.

"Descend and appease[④] your hunger with our bread and quench[⑤] your thirst with our wine."

In the solitude[⑥] of their souls they said these things;

But were their solitude deeper they would have known that I sought but the secret of your joy and your pain,

And I hunted only your larger selves that walk the sky.

But the hunter was also the hunted:

For many of my arrows left my bow only to seek my own breast.

And the flier[⑦] was also the creeper[⑧];

For when my wings were spread in the sun their shadow upon the earth was a turtle.

And I the believer was also the doubter[⑨];

For often have I put my finger in my own wound that I might have the greater belief in you and the greater knowledge of you.

---

① summit：山顶，峰巅
② unattainable：无法到达的，无法取得的
③ vaporous：雾状的，蒸汽状的
④ appease：使平息；使满足
⑤ quench：解渴；终止
⑥ solitude：孤寂，孤单
⑦ flier：飞翔者，飞翔的人
⑧ creeper：爬行者，匍匐者
⑨ doubter：怀疑论者，抱怀疑态度的人

And it is with this belief and this knowledge that I say,

You are not enclosed within your bodies, nor confined to houses or fields.

That which is you dwells above the mountain and roves① with the wind.

It is not a thing that crawls into the sun for warmth or digs holes into darkness for safety,

But a thing free, a spirit that envelops② the earth and moves in the ether.

If this be vague③ words, then seek not to clear them.

Vague and nebulous④ is the beginning of all things, but not their end,

And I fain would have you remember me as a beginning.

Life, and all that lives, is conceived⑤ in the mist and not in the crystal⑥.

And who knows but a crystal is mist in decay⑦?

This would I have you remember in remembering me:

That which seems most feeble⑧ and bewildered⑨ in you is the strongest and most determined.

Is it not your breath that has erected⑩ and hardened the structure of your bones?

And is it not a dream which none of you remember having dreamt that building your city and fashioned all there is in it?

---

① rove：流浪、漂泊于
② envelop：包裹；遮盖
③ vague：模糊的，不清楚的
④ nebulous：朦胧的，模糊的
⑤ conceive：孕育；构想
⑥ crystal：水晶
⑦ decay：腐烂；衰退
⑧ feeble：虚弱的，无力的
⑨ bewilder：使迷惑；使难住
⑩ erect：竖直，直立

Could you but see the tides[1] of that breath you would cease to see all else,

And if you could hear the whispering of the dream you would hear no other sound.

But you do not see, nor do you hear, and it is well.

The veil that clouds your eyes shall be lifted by the hands that wove[2] it,

And the clay[3] that fills your ears shall be pierced[4] by those fingers that kneaded[5] it.

And you shall see.

And you shall hear.

Yet you shall not deplore[6] having known blindness, nor regret having been deaf.

For in that day you shall know the hidden purposes in all things,

And you shall bless darkness as you would bless light.

After saying these things he looked about him, and he saw the pilot[7] of his ship standing by the helm[8] and gazing now at the full sails and now at the distance.

And he said:

Patient, over-patient[9], is the captain of my ship.

The wind blows, and restless are the sails[10];

Even the rudder begs direction;

---

① tide：潮汐；潮流，趋势
② weave：编，编织
③ clay：泥土，黏土
④ pierce：穿过，穿透
⑤ knead：揉，捏
⑥ deplore：悲悼，哀叹；谴责
⑦ pilot：舵手
⑧ helm：舵；指挥；给……掌舵
⑨ over-patient：过于耐心的
⑩ restless are the sails：即 the sails are restless（帆儿鼓噪不安）。

Yet quietly my captain awaits[1] my silence.

And these my mariners[2], who have heard the choir[3] of the greater sea, they too have heard me patiently.

Now they shall wait no longer.

I am ready.

The stream has reached the sea, and once more the great mother holds her son against her breast.

Fare you well, people of Orphalese.

This day has ended.

It is closing upon us even as the water-lily[4] upon its own tomorrow.

What was given us here we shall keep,

And if it suffices[5] not, then again must we come together and together stretch our hands unto the giver.

Forget not that I shall come back to you.

A little while, and my longing shall gather dust and foam for another body.

A little while, a moment of rest upon the wind, and another woman shall bear[6] me.

Farewell to you and the youth[7] I have spent with you.

It was but yesterday we met in a dream.

You have sung to me in my aloneness, and I of your longings have built a tower in the sky.

But now our sleep has fled and our dream is over, and it is no longer dawn.

The noontide is upon us and our half waking has turned to fuller

---

① await：即 wait，后面接抽象名词，多用于书面语。
② mariner：水手，船员
③ choir：合唱
④ water-lily：睡莲
⑤ suffice：使充足
⑥ bear：怀有；生育
⑦ youth：青春时光

day, and we must part.

If in the twilight of memory we should meet once more, we shall speak again together and you shall sing to me a deeper song.

And if our hands should meet in another dream, we shall build another tower in the sky.

So saying he made a signal to the seamen, and straightaway they weighed anchor and cast the ship loose from its moorings, and they moved eastward.①

And a cry came from the people as from a single heart, and it rose the dusk and was carried out over the sea like a great trumpeting②.

Only Almitra was silent, gazing after the ship until it had vanished into the mist.

And when all the people were dispersed③ she still stood alone upon the sea-wall④, remembering in her heart his saying,

"A little while, a moment of rest upon the wind, and another woman shall bear me."

---

① 参考译文：这样说着，他对水手挥手示意，他们即刻起锚解索，开船驶向东方。（钱满素译）（seaman：海员，水手；straightaway：立即，马上；weigh anchor：起锚，启航；mooring：系船具）

② trumpet：喇叭；吹号

③ dispersed：被驱散的，被分散的

④ sea-wall：海堤，海岸

Sand and Foam[1]

① 《沙与沫》写于1926年，涉及人生、爱情、文学、艺术等多个主题。作者以“沙”和“泡沫”比喻人在社会中如同沙之微小，事物如同泡沫一般虚幻，充满哲理。

I am forever walking upon these shores,
Betwixt① the sand and the foam,
The high tide will erase② my foot-prints,
And the wind will blow away the foam.
But the sea and the shore will remain
Forever.

Once I filled my hand with mist.

Then I opened it and blow, the mist was a worm③.

And I closed and opened my hand again, and behold there was a bird.

And again I closed and opened my hand, and in its hollow④ stood a man with a sad face, turned upward.

And again I closed my hand, and when I opened it there was naught but⑤ mist.

But I heard a song of exceeding⑥ sweetness.

It was but yesterday I thought myself a fragment quivering without rhythm in the sphere⑦ of life.

Now I know that I am the sphere, and all life in rhythmic fragments moves within me.

They say to me in their awakening, "You and the world you live in are but a grain⑧ of sand

upon the infinite shore of an infinite sea."

And in my dream I say to them, "I am the infinite sea, and all

---

① betwixt：在……间，由……到……（古英语）
② erase：抹去，擦去
③ worm：蠕虫，虫
④ hollow：山洞，洞穴
⑤ naught but：即 nothing but。
⑥ exceeding：非常好的，非常（古英语）
⑦ sphere：苍穹；球体
⑧ grain：谷物；小的硬粒

worlds are but grains of sand upon my shore."

Only once have I been made mute[①]. It was when a man asked me, "Who are you?"

The first thought of God was an angel.

The first word[②] of God was a man.

We were fluttering[③], wandering, longing creatures a thousand thousand years before the sea and the wind in the forest gave us words.

Now how can we express the ancient of days in us with only the sounds of our yesterdays?

The Sphinx[④] spoke only once, and the Sphinx said, "A grain of sand is a desert, and a desert is a grain of sand; and now let us all be silent again."

I heard the Sphinx, but I did not understand.

Once I saw the face of a woman and I beheld all her children not yet born.

And a woman looked upon my face and she knew all my forefathers, dead before she was born.

Now would I fulfil myself. But how shall I unless I become a planet with intelligent lives[⑤] dwelling upon it?

---

① mute：无声的，缄默的

② word：这里的 word 即希腊文中的 logos，亦可译作"道"。上帝的 word 可指耶稣，这符合纪伯伦一贯把耶稣视为人而非神的思想。

③ flutter：飘动；振翼

④ Sphinx：斯芬克斯，古埃及的狮身人面像。斯芬克斯最初源于古埃及神话，也见于西亚神话和古希腊神话中，但斯芬克斯在各文明的神话中具有不同的形象和含义。在埃及神话中，斯芬克斯被描述为长有翅膀的怪物，通常为雄性，是"仁慈"和"高贵"的象征。在希腊神话中，斯芬克斯是一个雌性的邪恶之物，代表着神的惩罚。在西亚神话中，亚述人和波斯人把斯芬克斯描述为一只长有翅膀的公牛，长着人面、络腮胡子，戴有皇冠。

⑤ intelligent lives：智者

Is not this every man's goal?

A pearl is a temple built by pain around a grain[①] of sand.

What longing built our bodies and around what grains?[②]

When God threw me, a pebble, into this wondrous[③] lake I disturbed its surface with countless circles.

But when I reached the depths I became very still.

Give me silence, and I will outdate[④] the night.

I had a second birth when my soul and my body loved one another and were married.

One I knew a man whose ears were exceedingly keen[⑤], but he was dumb. He had lost his tongue in a battle.

I know now what battles that man fought before the great silence came, I am glad he is dead.

The world is not large enough for two of us.

Long did I lie in the dust[⑥] of Egypt, silent and unaware of the seasons.

Then the sun gavc me birth, and I rose and walked upon the banks of the Nile[⑦],

Singing with the days and dreaming with the nights.

And now the sun threads[⑧] upon me with a thousand feet that I

---

① grain：粒，颗

② 参考译文：是什么期望建造了我们的躯体，又是缠绕着什么沙粒？（钱满素译）

③ wondrous：令人惊奇的，令人惊叹的

④ outdate：使落伍，使过时（这里有“蔑视”之意。）

⑤ keen：敏锐的，敏感的

⑥ dust：尘埃；遗骸

⑦ Nile：尼罗河（流经非洲东部与北部，自南向北注入地中海，长6670千米，是世界上最长的河流。）

⑧ thread：穿过，通过

may lie again in the dust of Egypt.

But behold a marvel[①] and a riddle!

The very sun that gathered me cannot scatter me.

Still erect am I, and sure of foot do I walk upon the banks of the Nile.[②]

Remembrance is a form of meeting[③].

Forgetfulness is a form of freedom.

We measure time according to the movement of countless suns[④]; and they measure time by little machines in their little pockets.

Now tell me, how could we ever meet at the same place and the same time?

Space is not space between the earth and the sun to one who looks down from the windows of the Milky Way[⑤].

Humanity is a river of light running from the ex-eternity[⑥] to eternity[⑦].

Do not the spirits who dwell in the ether envy man his pain?

On my way to the Holy City I met another pilgrim[⑧] and I asked him, "Is this indeed the way to the Holy City?"

And he said, "Follow me, and you will reach the Holy City in a

---

① marvel：奇迹；对……感到惊讶
② 参考译文：我依然挺立着，脚步稳健地走在尼罗河岸上。（钱满素译）
③ meeting：相会，会面
④ sun：指恒星。
⑤ Milky Way：银河
⑥ ex-eternity：过去的不朽，曾经的永恒（ex：前缀，表示"过去的，前……"）
⑦ eternity：永恒，不朽
⑧ pilgrim：朝圣者；漫游者

day and a night."

And I followed him. And we walked many days and many nights, yet we did not reach the Holy City.

And what was to my surprise he became angry with me because he had misled[①] me.

Make me, oh God, the prey[②] of the lion, ere[③] You make the rabbit my prey.

One may not reach the dawn save by the path of the night.

My house says to me, "Do not leave me, for here dwells your past."

And the road says to me, "Come and follow me, for I am your future."

And I say to both my house and the road, "I have no past, nor have I a future. If I stay here, there is a going in my staying; and if I go there is a staying in my going. Only love and death will change all things."

How can I lose faith in the justice of life, when the dreams of those who sleep upon feathers are not more beautiful than the dreams of those who sleep upon the earth?[④]

Strange, the desire for certain pleasures is a part of my pain.

Seven times have I despised[⑤] my soul:

The first time when I saw her being meek[⑥] that she might attain height.

---

① mislead：误导；带错

② prey：被掠食者；牺牲者

③ ere：在……之前

④ 参考译文：睡在羽绒上的人做起梦来，并不比睡在泥地上的人更美满，如此，我怎么会对生活的公正丧失信心呢？（钱满素译）(faith：信任；忠诚）

⑤ despise：轻视，蔑视

⑥ meek：温顺的，驯服的

The second time when I saw her limping before the crippled[①].

The third time when she was given to choose between the hard and the easy, and she chose the easy.

The fourth time when she committed a wrong, and comforted herself that others also commit wrong.

The fifth time when she forbore[②] for weakness, and attributed her patience to strength[③].

The sixth time when she despised the ugliness of a face, and knew not that it was one of her own masks.

And the seventh time when she sang a song of praise, and deemed it a virtue.

I am ignorant[④] of absolute truth. But I am humble before my ignorance and therein lies my honour and my reward.

There is a space between man's imagination and man's attainment that may only be traversed[⑤] by his longing.

Paradise is there, behind that door, in the next room; but I have lost the key.

Perhaps I have only mislaid it.

You are blind and I am deaf and dumb[⑥], so let us touch hands and understand.

The significance of man is not in what he attains, but rather in what he longs to attain.[⑦]

---

① the crippled：跛腿的人，残废的人
② forbear：忍耐，克制
③ attributed her patience to strength：把忍耐视为坚强
④ ignorant：无知的，愚昧的
⑤ traverse：横越
⑥ dumb：哑的，说不出话的
⑦ 参考译文：人的意义不在于他获得了什么，而在于他想获得什么。（钱满素译）

Some of us are like ink and some like paper.

And if it were not for the blackness of some of us, some of us would be dumb;

And if it were not for the whiteness of some of us, some of us would be blind.

Give me an ear and I will give you a voice①.

Our mind is a sponge②; our heart is a stream.

Is it not strange that most of us choose sucking rather than running?

When you long for blessings that you may not name, and when you grieve③ knowing not the cause, then indeed you are growing with all things that grow, and rising toward your greater self.

When one is drunk with a vision, he deems his faint expression of it the very wine.

You drink wine that you may be intoxicated④; and I drink that it may sober⑤ me from that other wine.

When my cup is empty I resign myself to its emptiness; but when it is half full I resent its half-fulness.

The reality of the other person is not in what he reveals to you, but in what he cannot reveal to you.

---

① voice：可数名词，意为“意见”。
② sponge：海绵
③ grieve：哀悼，悲痛
④ intoxicated：喝醉的，醉人的
⑤ sober：冷静的；使醒酒

Therefore, if you would understand him, listen not to what he says but rather to what he does not say.

Half of what I say is meaningless; but I say it so that the other half may reach you.①

A sense of humour is a sense of proportion.②

My loneliness was born when men praised my talkative faults and blamed my silent virtues.③

When Life does not find a singer to sing her heart she produces a philosopher to speak her mind.

A truth is to be known always, to be uttered sometimes.

The real in us is silent; the acquired is talkative.④

The voice of life in me cannot reach the ear of life in you; but let us talk that we may not feel lonely.

When two women talk they say nothing; when one woman speaks she reveals all of life.

Frogs may bellow⑤ louder than bulls⑥, but they cannot drag the plough in the field not turn the wheel of the winepress, and of their

---

① 参考译文：我说的话有一半毫无疑义，但我说了好让你听到另一半。（钱满素译）（so that：表目的，能够）

② 参考译文：幽默感即分寸感。（钱满素译）（proportion：比例；均衡）

③ 参考译文：每当人们表扬我那些喋喋不休的过失，埋怨我那些默默无语的美德，我的孤独油然而生。（钱满素译）

④ 参考译文：我们内在的真实默默无言，那后天获得的才滔滔不绝。（钱满素译）

⑤ bellow：大叫，大声喊出

⑥ bull：公牛；雄兽

skins you cannot make shoes.[①]

Only the dumb envy the talkative.

If winter should say, "Spring is in my heart," who would believe winter?

Every seed is a longing.

Should you really open your eyes and see, you would behold your image in all images.

And should you open your ears and listen, you would hear your own voice in all voices.

It takes two of us to discover truth: one to utter it and one to understand it.

Though the wave of words is forever upon us, yet our depth is forever silent.

Many a doctrine is like a window pane. We see truth through it but it divides us from truth.[②]

Now let us play hide and seek. Should you hide in my heart it would not be difficult to find you. But should you hide behind your own shell, then it would be useless for anyone to seek you.

A woman may veil her face with a smile.

---

① 参考译文：但它们既不能在地里拉犁，也不能在酒坊拉磨，你也不能用它们的皮制鞋。（钱满素译）

② 参考译文：许多学说都像窗玻璃。我们通过它认识真理，但它又把我们与真理分开。（钱满素译）（many a：与 many 一样，都表示“很多”，但 many a 更强调每一个；doctrine：教条，教义；pane：窗玻璃）

How noble[1] is the sad heart who would sing a joyous[2] song with joyous hearts.

He who would understand a woman, or dissect[3] genius, or solve the mystery of silence is the very man who would wake from a beautiful dream to sit at a breakfast table.

I would walk with all those who walk. I would not stand still to watch the procession[4] passing by.

You owe more than gold to him who serves you. Give him of your heart or serve him.[5]

Nay, we have not lived in vain. Have they not built towers of our bones?

Let us not be particular and sectional[6]. The poet's mind and the scorpion's[7] tail rise in glory from the same earth.

Every dragon gives birth to a St. George who slays it.

Trees are poems that the earth writes upon the sky. We fell them down and turn them into paper that we may record our emptiness.

Should you care to write (and only the saints[8] know why you should) you must needs have knowledge and art and music — the

---

① noble：贵族；高尚的

② joyous：令人高兴的

③ dissect：解剖

④ procession：队伍，队列

⑤ 参考译文：对于为你服务的人，你欠他的岂止是金子。把你的心给他吧，要不就为他服务。(give of：奉献，贡献)

⑥ sectional：局部的；拼合而成的

⑦ scorpion：蝎子

⑧ saint：圣人；圣徒

knowledge of the music of words, the art of being artless[①], and the magic of loving your readers.

They dip[②] their pens in our hearts and think they are inspired.

Should a tree write its autobiography[③] it would not be unlike the history of a race.

If I were to choose between the power of writing a poem and the ecstasy of a poem unwritten, I would choose the ecstasy. It is better poetry.

But you and all my neighbours agree that I always choose badly.

Poetry is not an opinion expressed. It is a song that rises from a bleeding wound or a smiling mouth.

Words are timeless. You should utter them or write them with a knowledge of their timelessness.

A poet is a dethroned[④] king sitting among the ashes[⑤] of his palace trying to fashion an image out of the ashes.

Poetry is a deal of joy and pain and wonder, with a dash[⑥] of the dictionary.

In vain shall a poet seek the mother of the songs of his heart.[⑦]

---

① artless：单纯的；自然的，不做作的
② dip：浸，蘸
③ autobiography：自传，自传文学（biography：传记）
④ dethroned：被废黜的，被罢免的
⑤ ash：灰，灰烬
⑥ dash：少许，少量
⑦ 参考译文：一个诗人若搜寻他内心诗歌的本源，必将徒劳。（钱满素译）

Once I said to a poet, "We shall not know your worth until you die."

And he answered saying, "Yes, death is always the revealer[①]. And if indeed you would know my worth it is that I have more in my heart than upon my tongue, and more in my desire than in my hand."

If you sing of beauty though alone in the heart of the desert you will have an audience.[②]

Poetry is wisdom that enchants[③] the heart.

Wisdom is poetry that sings in the mind.

If we could enchant man's heart and at the same time sing in his mind,

Then in truth he would live in the shadow of God.

Inspiration[④] will always sing; inspiration will never explain.

We often sing lullabies[⑤] to our children that we ourselves may sleep.

All our words are but crumbs[⑥] that fall down from the feast of the mind.

Thinking is always the stumbling stone[⑦] to poetry.

A great singer is he who sings our silences.

---

① revealer：启示者；探测器
② 参考译文：你若歌颂美，纵然孤零零在旷漠中心，也照样会有听众。（钱满素译）
③ enchant：使迷惑；施魔法
④ inspiration：灵感；鼓舞
⑤ lullaby：摇篮曲；催眠曲
⑥ crumb：面包屑，碎屑
⑦ stumbling stone：绊脚石

How can you sing if your mouth be filled with food?

How shall your hand be raised in blessing if it is filled with gold?

They say the nightingale pierces[①] his bosom with a thorn[②] when he sings his love song.

So do we all. How else should we sing?

Genius is but a robin's[③] song at the beginning of a slow[④] spring.

Even the most winged spirit cannot escape physical necessity.

A madman is not less a musician than you or myself; only the instrument on which he plays is a little out of tune[⑤].

The song that lies silent in the heart of a mother sings upon the lips of her child.

No longing remains unfulfilled.

I have never agreed with my other self wholly[⑥]. The truth of the matter seems to lie between us.

Your other self is always sorry for you. But your other self grows on sorrow[⑦]; so all is well.

There is no struggle of soul and body save in the minds of those

---

① pierce：刺穿，穿透

② thorn：刺，荆棘

③ robin：知更鸟。根据英国古老传说，知更鸟的羽毛本来是啡色，当耶稣被钉十字架时，它飞往耶稣耳边唱歌舒缓耶稣的痛楚，于是耶稣身上的血便染在知更鸟身上，自此它胸脯羽毛的颜色便变为鲜红色。

④ slow：迟钝的；慢的，此处指迟来的。

⑤ out of tune：走调

⑥ wholly：完全地；统统

⑦ sorrow：悲伤，悲痛；懊悔

whose souls are asleep and whose bodies are out of tune.[①]

When you reach the heart of life you shall find beauty in all things, even in the eyes that are blind to[②] beauty.

We live only to discover beauty. All else is a form of waiting.

Sow a seed and the earth will yield you a flower.[③] Dream your dream to the sky and it will bring you your beloved.

The devil died the very[④] day you were born.

Now you do not have to go through hell to meet an angel.

Many a woman borrows a man's heart; very few could possess it.

If you would possess you must not claim.

When a man's hand touches the hand of a woman they both touch the heart of eternity.

Love is the veil between lover and lover.

Every man loves two women; the one is the creation[⑤] of his imagination, and the other is not yet born.

Men who do not forgive women their little faults will never

---

① 参考译文：只有在某些人的心思里才进行着灵与肉的斗争，他们的灵魂入睡，肉体失调。（钱满素译）

② be blind to：对……视而不见；看不懂

③ 参考译文：种下一粒种子，大地会给你一朵花儿。（钱满素译，有改动）（该句前半部分是祈使句，后面用 and 引出另一个主谓结构，实际上前面是一个条件状语从句，即 If you sow a seed, the earth will yield you a flower，与下句结构相同。）

④ very：刚好，恰好

⑤ creation：创造物；创作

enjoy their great virtues.[①]

Love that does not renew[②] itself every day becomes a habit and in turn[③] a slavery.

Lovers embrace that which is between them rather than each other.

Love and doubt[④] have never been on speaking terms[⑤].

Love is a word of light, written by a hand of light, upon a page of light.[⑥]

Friendship is always a sweet responsibility, never an opportunity.

If you do not understand your friend under all conditions[⑦] you will never understand him.

Your most radiant[⑧] garment is of the other person's weaving;

You[⑨] most savoury[⑩] meal is that which you eat at the other person's table;

Your most comfortable bed is in the other person's house.

Now tell me, how can you separate yourself from the other person?

---

① 参考译文：不能原谅女人小疵的男人，永远也欣赏不了她们的大德。（钱满素译）

② renew：使更新；复兴

③ in turn：轮流，依次

④ doubt：怀疑，不信

⑤ on speaking terms：搭腔，交流

⑥ 参考译文：爱是一个光明的字，由光明的手写在光明的纸上。（钱满素译）（该句使用了三个 light，属于反复的修辞手法。）

⑦ under all conditions：在一切处境中，在一切情况下

⑧ radiant：容光焕发的；辐射的

⑨ you：即 your。

⑩ savoury：美味的，可口的

Your mind and my heart will never agree until your mind ceases to live in numbers and my heart in the mist.[①]

We shall never understand one another until we reduce the language to[②] seven words.

How shall my heart be unsealed[③] unless it be broken?

Only great sorrow or great joy can reveal your truth.

If you would be revealed you must either dance naked in the sun, or carry your cross.

Should nature heed[④] what we say of contentment[⑤] no river would seek the sea, and no winter would turn to Spring. Should she heed all we say of thrift, how many of us would be breathing this air?

You see but your shadow when you turn your back to the sun.

You are free before the sun of the day, and free before the stars of the night;

And you are free when there is no sun and no moon and no star.

You are even free when you close your eyes upon all there is.

But you are a slave to him whom you love because you love him,

And a slave to him who loves you because he loves you.[⑥]

We are all beggars at the gate of the temple, and each one of us

---

① 参考译文：你的脑和我的心永远不会一致，除非你的脑不再居于数字，我的心不再居于迷雾。（钱满素译）（该句后半句省略了 cease to live，实际是 my heart cease to live in the mist。）

② reduce... to：把……减少至

③ unseal：启封；解除约束

④ heed：留意，注意

⑤ contentment：满足，满意

⑥ 参考译文：但对一个你为了爱而爱他的人，你是个奴隶。对一个为了爱而爱你的人，你也是个奴隶。（钱满素译）

receives his share of the bounty[1] of the King[2] when he enters the temple, and when he goes out.

But we are all jealous[3] of one another, which is another way of belittling[4] the King.

You cannot consume[5] beyond your appetite. The other half of the loaf[6] belongs to the other person, and there should remain a little bread for the chance guest[7].

If it were not for your guests all houses would be graves.

Said a gracious[8] wolf to a simple sheep, "Will you not honour our house with a visit?"

And the sheep answered, "We would have been honoured to visit your house if it were not in your stomach."

I stopped my guest on the threshold[9] and said, "Nay, wipe not your feet as you enter, but as you go out."

Generosity is not in giving me that which I need more than you do, but it is in giving me that which you need more than I do.[10]

You are indeed charitable[11] when you give, and while giving, turn your face away so that you may not see the shyness of the receiver.

---

① bounty：赏金，奖金
② the King：指上帝。
③ jealous：嫉妒的，羡慕的（一般用 be jealous of）
④ belittle：轻视，蔑视；贬低
⑤ consume：吃掉；消灭
⑥ loaf：条，块；一块面包
⑦ chance guest：不速之客；偶然来客
⑧ gracious：高尚的，雅致的
⑨ threshold：门槛，意为开始。
⑩ 参考译文：慷慨不在于把我比你更需要的东西给我，而在于把你比我更需要的东西给我。（钱满素译）
⑪ charitable：慈善的；仁爱的

The difference between the richest man and the poorest is but a day of hunger and an hour of thirst.

We often barrow from our tomorrows to pay our debts to our yesterdays.

I too am visited by angels and devils, but I get rid of them.
When it is an angel I pray an old prayer, and he is bored;
When it is a devil I commit an old sin, and he passes me by.①

After all this is not a bad prison; but I do not like this wall between my cell and the next prisoner's cell;

Yet I assure② you that I do not wish to reproach③ the warder④ nor the Builder of the prison.

Those who give you a serpent⑤ when you ask for a fish, may have nothing but serpents to give. It is then generosity on their part.

Trickery⑥ succeeds sometimes, but it always commits suicide⑦.

You are truly a forgiver when you forgive murderers who never spill⑧ blood, thieves who never steal, and liars who utter no falsehood⑨.

He who can put his finger upon that which divides good from

---

① 参考译文：天使来时，我重念一段祷文，他就烦了；魔鬼来时，我再犯一次前科，他就不问了。（钱满素译）

② assure：确保，保证

③ reproach：责备；申斥

④ warder：看守；守卫

⑤ serpent：大蛇

⑥ trickery：花招；欺骗

⑦ commit suicide：自杀

⑧ spill：溢出，溅出

⑨ falsehood：谎话，假话

evil is he who can touch the very hem[①] of the garment of God.

If your heart is a volcano how shall you expect flowers to bloom in your hands?

A strange form of self-indulgence[②]! There are times when I would be wronged and cheated, that I may laugh at the expense of those who think I do not know I am being wronged and cheated.[③]

What shall I say of him who is the pursuer[④] playing the part of the pursued?

Let him who wipes his soiled hands with your garment take your garment. He may need it again; surely you would not.[⑤]

It is a pity that money-changers[⑥] cannot be good gardeners.

Please do not whitewash[⑦] your inherent[⑧] faults with your acquired[⑨] virtues. I would have the faults; they are like mine own.

How often have I attributed[⑩] to myself crimes I have never committed, so that the other person may feel comfortable in my presence[⑪].

---

① hem：褶边；边缘

② self-indulgence：自我放纵；放肆

③ 参考译文：有时我愿意受伤害被欺骗，这样我就可以嘲笑那些人，他们自以为我不知道自己受伤害被欺骗了。（钱满素译）

④ pursuer：追求者

⑤ 参考译文：让那个用你衣服擦他脏手的人，把你的衣服拿走吧。他也许还用得着它，你却肯定不会再要了。（钱满素译，有改动）

⑥ money-changer：货币兑换商

⑦ whitewash：粉饰；掩盖

⑧ inherent：先天的，天生的

⑨ acquired：习得的，后天得来的

⑩ attribute：认为……是（attribute to：归因于）

⑪ presence：存在；出席

Even the masks of life are masks of deeper mystery.

You may judge others only according to your knowledge of yourself.

Tell me now, who among us is guilty and who is unguilty[①]?

The truly just is he who feels half guilty of your misdeeds.[②]

Only an idiot[③] and a genius break man-made laws; and they are the nearest to the heart of God.

It is only when you are pursued that you become swift[④].

I have no enemies, O God, but if I am to have an enemy,

Let his strength be equal to[⑤] mine,

That truth alone may be the victor[⑥].

You will be quite friendly with your enemy when you both die.

Perhaps a man may commit suicide in self-defense[⑦].

Long ago there lived a Man[⑧] who was crucified[⑨] for being too loving and too lovable.

And strange to relate I met him thrice[⑩] yesterday.

The first time He was asking a policeman not to take a prostitute[⑪]

---

① unguilty：无罪的
② 参考译文：真正公正的人是对你的罪过感到应该分担一半责任的人。
③ idiot：傻子；笨蛋
④ swift：快速的，迅速的
⑤ be equal to：与……平等；相同
⑥ victor：胜利者，胜利的人
⑦ self-defense：自卫，防卫
⑧ Man：指耶稣。
⑨ crucify：折磨；在十字架上钉死
⑩ thrice：三次；三倍地
⑪ prostitute：妓女，卖淫女

to prison; the second time He was drinking wine with an outcast[①]; and the third time He was having a fist-fight with a promoter[②] inside a church.

If all they say of good and evil were true, then my life is but one long crime.

Pity is but half justice.

The only one who has been unjust to me is the one to whose brother I have been unjust.

When you see a man led to prison say in your heart, "Mayhap he is escaping from a narrower prison."

And when you see a man drunken say in your heart, "Mayhap he sought escape from something still more unbeautiful."

Oftentimes I have hated in self-defense; but if I were stronger I would not have used such a weapon.

How stupid is he who would patch[③] the hatred[④] in his eyes with the smile of his lips.

Only those beneath me can envy or hate me.

I have never been envied nor hated; I am above no one.

Only those above me can praise or belittle me.

I have never been praised nor belittled; I am below no one.

Your saying to me, "I do not understand you," is praise beyond

---

① outcast：被遗弃者，被排斥者
② promoter：出资人；承办人
③ patch：打补丁，修补；解决
④ hatred：憎恨，怨恨

my worth, and an insult[①] you do not deserve.

How mean am I when life gives me gold and I give you silver, and yet I deem myself generous.[②]

When you reach the heart of life you will find yourself not higher than the felon[③], and not lower than the prophet.

Strange that you should pity the slow-footed and not the slow-minded,

And the blind-eyed rather than the blind-hearted.

It is wiser for the lame not to break his crutches[④] upon the head of his enemy.

How blind is he who gives you out of his pocket that he may take out of your heart.[⑤]

Life is a procession. The slow of foot finds it too swift and he steps out;[⑥]

And the swift of foot finds it too slow and he too steps out.

If there is such a thing as sin some of us commit it backward following our forefathers'[⑦] footsteps;

And some of us commit it forward by overruling[⑧] our children.

---

① insult：侮辱；冒犯

② 参考译文：我是何等卑劣，当生活给了我金，我却给你银，还以为自己很大方。（钱满素译，有改动）

③ felon：重罪犯，重罪人

④ crutch：拐杖；支撑物

⑤ 参考译文：他是多么无知，从自己兜里掏出给你，为的是要从你心中取回。（钱满素译）（感叹句，gives you 后省略了 that。）

⑥ 参考译文：生命是一支队列，脚下慢的人觉得它太快了便退出。（钱满素译）

⑦ forefather：前辈，祖先

⑧ overrule：统治；施加影响

The truly good is he who is one with all those who are deemed bad.[1]

We are all prisoners[2] but some of us are in cells with windows and some without.

Strange that[3] we all defend our wrongs with more vigour[4] than we do our rights.

Should we all confess[5] our sins to one another we would all laugh at one another for our lack of originality[6].

Should we all reveal our virtues we would also laugh for the same cause[7].

An individual is above man-made laws until he commits a crime against man-made conventions[8];

After that he is neither above anyone nor lower than anyone.

Government is an agreement between you and myself. You and myself are often wrong.

Crime is either another name of need or an aspect of a disease.

Is there a greater fault than being conscious of[9] the other person's faults?

---

① 参考译文：真正的好人，是和所有被认为是坏人的人在一起的人。（钱满素译，有改动）
② prisoner：囚徒；俘虏
③ strange that：即 It is strange that...
④ vigour：精力，活力
⑤ confess：承认；坦白
⑥ originality：创新；创意
⑦ for the same cause：因同样的原因
⑧ convention：习俗；惯例
⑨ be conscious of：意识到，察觉到

If the other person laughs at you, you can pity him; but if you laugh at him you may never forgive yourself.

If the other person injures you, you may forget the injury; but if you injure him you will always remember.

In truth the other person is your most sensitive[①] self given another body.

How heedless[②] you are when you would have men fly with your wings and you cannot even give them a feather.

Once a man sat at my board[③] and ate my bread and drank my wine and went away laughing at me.

Then he came again for bread and wine, and I spurned[④] him;

And the angels laughed at me.

Hate is a dead thing. Who of you would be a tomb[⑤]?

It is the honour of the murdered that he is not the murderer.

The tribune[⑥] of humanity is in its silent heart, never its talkative mind.

They deem me mad because I will not sell my days for gold;

And I deem them mad because they think my days have a price.[⑦]

They spread before us their riches of gold and silver, of ivory[⑧]

---

① sensitive：敏感的；易受伤害的

② heedless：不注意的，不留心的

③ board：餐桌，饭桌

④ spurn：唾弃；冷落

⑤ tomb：墓，墓穴

⑥ tribune：护民官；公共利益保护者

⑦ 参考译文：他们说我疯了，因为我不愿意拿时间去换金子；我说他们疯了，因为他们认为我的时间会有标价。（钱满素译）

⑧ ivory：象牙；象牙制品

and ebony[①], and we spread before them our hearts and our spirits;

And yet they deem themselves the hosts and us the guests.

I would not be the least among men with dreams and the desire to fulfill them, rather than the greatest with no dreams and no desires.

The most pitiful[②] among men is he who turns his dreams into silver and gold.

We are all climbing toward the summit of our hearts' desire. Should the other climber steal your sack[③] and your purse and wax[④] fat on the one and heavy on the other, you should pity him;

The climbing will be harder for his flesh, and the burden will make his way longer.

And should you in your leanness see his flesh puffing[⑤] upward, help him a step; it will add to your swiftness.

You cannot judge any man beyond your knowledge[⑥] of him, and how small is your knowledge.

I would not listen to a conqueror[⑦] preaching to the conquered.

The truly free man is he who bears the load[⑧] of the bond[⑨] slave patiently.

A thousand years ago my neighbour said to me, "I hate life, for it

---

① ebony：乌木；黑檀

② pitiful：可怜的，令人同情的

③ sack：麻袋；包

④ wax：蜡状的；给……上蜡

⑤ puff：使膨胀；张开

⑥ beyond your knowledge：超出你的了解

⑦ conqueror：征服者，占领者

⑧ load：负载，负荷

⑨ bond：结合；约定，契约

is naught but a thing of pain."

And yesterday I passed by a cemetery[①] and saw life dancing upon his grave.

Strife in nature is but disorder longing for order.[②]

Solitude is a silent storm that breaks down all our dead branches;

Yet it sends our living roots deeper into the living heart of the living earth.[③]

Once I spoke of the sea to a brook[④], and the brook thought me but an imaginative[⑤] exaggerator[⑥];

And once I spoke of a brook to the sea, and the sea thought me but a depreciative[⑦] defamer[⑧].

How narrow is the vision that exalts the busyness of the ant above the singing of the grasshopper.[⑨]

The highest virtue here may be the least in another world.

The deep and the high go to the depth or to the height in a straight line; only the spacious can move in circles.

If it were not for our conception of weights and measures we

---

① cemetery：公墓，墓地

② 参考译文：自然界的竞争不过是混乱在渴望有序。（钱满素译）（strife：冲突；竞争）

③ 参考译文：孤独是一场沉静的风暴，它折断我们一切枯枝；但它却把我们活的根更深地栽入活的土地的活的心中。（钱满素译）

④ brook：小溪，小河

⑤ imaginative：富有想象力的

⑥ exaggerator：夸张者，言过其实者

⑦ depreciative：贬值的；蔑视的

⑧ defamer：诽谤者

⑨ 参考译文：把蚂蚁的忙碌捧得高于蚱蜢歌唱的观点是多么狭隘。（钱满素译）（exalt：提升；赞扬）

would stand in awe of the firefly as we do before the sun.①

A scientist without imagination is a butcher② with dull③ knives and out-worn④ scales.

But what would you, since we are not all vegetarians⑤?

When you sing the hungry hears you with his stomach.

Death is not nearer to the aged than to the new-born; neither is life.⑥

If indeed you must be candid⑦, be candid beautifully; otherwise keep silent, for there is a man in our neighbourhood who is dying.

Mayhap⑧ a funeral among men is a wedding feast among the angels.

A forgotten reality may die and leave in its will seven thousand actualities and facts to be spent in its funeral and the building of a tomb.⑨

In truth we talk only to ourselves, but sometimes we talk loud enough that others may hear us.

---

① 参考译文：如果没有对重量和长度的概念，我们会像敬畏太阳般敬畏萤火虫。（虚拟语气，if...were, ... would；awe：敬畏）

② butcher：屠夫

③ dull：钝的；迟钝的

④ out-worn：用旧的；过度使用的

⑤ vegetarian：素食者，素食主义者

⑥ 参考译文：死亡离老年人并不比离新生儿更近；生命也是一样。（钱满素译）

⑦ candid：公正的，不偏不倚的

⑧ mayhap：希望，但愿

⑨ 参考译文：一个被遗忘的现实也许会死亡，还在遗嘱中留下七千个真情实况，供葬礼和筑墓之用。

The obvious is that which is never seen until someone expresses it simply.

If the Milky Way were not within me how should I have seen it or known it?

Unless I am a physician among physicians they would not believe that I am an astronomer.

Perhaps the sea's definition of a shell is the pearl.
Perhaps time's definition of coal is the diamond.①

Fame is the shadow of passion standing in the light.

A root is a flower that disdains fame.②

There is neither religion nor science beyond beauty.

Every great man I have known had something small in his make-up③; and it was that small something which prevented inactivity④ or madness or suicide.

The truly great man is he who would master no one, and who would be mastered by none.

I would not believe that a man is mediocre simply because he kills the criminals and the prophets .

---

① 参考译文：大海对贝壳的定义也许是珍珠，时间对煤炭的定义也许是钻石。（钱满素译）
② 参考译文：根是一朵对荣誉不屑一顾的花。
③ make-up：天性；构成
④ inactivity：懒散，懒惰

Tolerance is love sick with the sickness of haughtiness.[①]

Worms will turn[②]; but is it not strange that even elephants will yield?

A disagreement may be the shortest cut between two minds.

I am the flame[③] and I am the dry bush[④], and one part of the consumes the other part.

We are all seeking the summit of the holy mountain; but shall not our road be shorter if we consider the past a chart and not a guide?[⑤]

Wisdom ceases to be wisdom when it becomes too proud to weep, too grave to laugh, and too self-full to seek other than itself.[⑥]

Had I filled myself with all that you know[⑦] what room[⑧] should I have for all that you do not know?

I have learned silence from the talkative, toleration[⑨] from the intolerant[⑩], and kindness from the unkind; yet strange, I am ungrateful to these teachers.

---

① 参考译文：容忍是害了高傲症的爱。（钱满素译）（haughtiness：傲慢；不逊）

② turn：反叛，反抗

③ flame：烈火，火焰

④ dry bush：干草，干柴

⑤ 参考译文：我们在寻觅圣山之巅；但如果我们把过去视为一张地图而非一名向导，我们的路程是否会缩短一些。（钱满素译）

⑥ 参考译文：当智慧骄傲到不能哭泣，庄严到不能欢笑，自足到不能去寻找他人，那就不是智慧了。（钱满素译）

⑦ Had I filled myself with all that you know：即 If I had filled myself with all that you know。

⑧ room：空间

⑨ toleration：容忍；宽容

⑩ intolerant：偏执的；偏狭的

A bigot[①] is a stone-leaf[②] orator[③].

The silence of the envious[④] is too noisy.

When you reach the end of what you should know, you will be at the beginning of what you should sense.

An exaggeration[⑤] is a truth that has lost its temper.

If you can see only what light reveals and hear only what sound announces,

Then in truth you do not see nor do you hear.

A fact is a truth unsexed.[⑥]

You cannot laugh and be unkind at the same time.

The nearest to my heart are a king without a kingdom and a poor man who does not know how to beg.[⑦]

A shy failure is nobler than an immodest[⑧] success.

Dig anywhere in the earth and you will find a treasure, only you must dig with the faith of a peasant.

Said a hunted fox followed by twenty horsemen and a pack[⑨] of

---

① bigot：偏执的人，固执的人

② stone-leaf：完全耳聋的

③ orator：演说家

④ the envious：嫉妒者，忌妒者

⑤ exaggeration：夸张

⑥ 参考译文：事实是无性别的真理。（钱满素译）

⑦ 参考译文：我最器重的是一个没有王国的国王和一个不知道如何乞讨的穷人。（钱满素译）

⑧ immodest：骄傲的，不谦虚的

⑨ pack：（猎狗的）一群（尤指骑马狩猎用者）

twenty hounds[1], "Of course they will kill me. But how poor and how stupid they must be. Surely it would not be worthwhile for twenty foxes riding on twenty asses[2] and accompanied by twenty wolves to chase and kill one man."

It is the mind in us that yields to the laws made by us, but never the spirit in us.[3]

A traveller am I and a navigator[4], and every day I discover a new region within my soul.

A woman protested saying, "Of course it was a righteous[5] war. My son fell[6] in it."

I said to Life, "I would hear Death speak."

And Life raised her voice a little higher and said, "You hear him now."

When you have solved all the mysteries of life you long for death, for it is but another mystery of life.[7]

Birth and death are the two noblest expressions of bravery.[8]

My friend, you and I shall remain strangers unto life,
And unto one another, and each unto himself,
Until the day when you shall speak and I shall listen,

---

① hound：猎狗，猎犬

② ass：驴子

③ 参考译文：是我们的头脑向我们自制的律法屈服，我们的灵魂是从不屈服的。（钱满素译）

④ navigator：航海者，航海员

⑤ righteous：正义的，正当的

⑥ fall：指牺牲，死亡。

⑦ 参考译文：当你解开了生命的一切奥秘后，你就盼望死亡，因为死亡不过是生命的又一个奥秘。（钱满素译）

⑧ 参考译文：诞生与死亡是勇敢的两种最高贵的表现。（钱满素译）

Deeming your voice my own voice;
And when I shall stand before you,
Thinking myself standing before a mirror.

They say to me, "Should you know yourself you would know all men."

And I say, "Only when I seek all men shall I know myself."

Man is two men; one is awake in darkness, the other is asleep in light.[①]

A hermit[②] is one who renounces[③] the world of fragments that he may enjoy the world wholly and without interruption.

There lies a green field between the scholar and the poet; should the scholar cross it he becomes a wise man; should the poet cross it, he becomes a prophet.

Yestereve[④] I saw philosophers in the marketplace carrying their heads in baskets, and crying aloud, "Wisdom! Wisdom for sale!"

Poor philosophers! They must needs sell their heads to feed their hearts.[⑤]

Said a philosopher to a street sweeper[⑥], "I pity you. Yours[⑦] is a hard and dirty task."

And the street sweeper said, "Thank you, sir. But tell me what is your task?"

---

① 参考译文：一个人本是两个人：一个人在黑暗中醒觉，一个在光明中酣睡。（钱满素译）
② hermit：隐士，隐居者
③ renounce：放弃，终止
④ yestereve：昨天傍晚
⑤ 参考译文：他们必须出卖脑袋来喂养自己的心灵。（钱满素译）
⑥ sweeper：清洁工，清扫夫
⑦ yours：即 your task。

And the philosopher answered saying, "I study man's mind, his deeds and his desires."

Then the street sweeper went on with his sweeping and said with a smile, "I pity you too."

He who listens to truth is not less than he who utters truth.[①]

No man can draw the line between necessities and luxuries. Only the angels can do that, and the angels are wise and wistful[②].

Perhaps the angels are our better thought in space.

He is the true prince who finds his throne in the heart of the dervish[③].

Generosity is giving more than you can, and pride is taking less than you need.

In truth you owe naught to any man. You owe all to all men.[④]

All those who have lived in the past live with us now. Surely none of us would be an ungracious[⑤] host.

He who longs the most lives the longest.

They say to me, "A bird in the hand is worth ten in the bush."[⑥]

But I say, "A bird and a feather in the bush is worth more than ten birds in the hand."

---

① 参考译文：聆听真理的人并不亚于说出真理的人。（钱满素译）
② wistful：渴望的；不满足的（与前面的 wise 押头韵）
③ dervish：托钵僧
④ 参考译文：你其实并不欠任何个人，而是欠所有人你的一切。（钱满素译，有改动）
⑤ ungracious：没有教养的，无礼貌的
⑥ 参考译文：十鸟在树不如一鸟在手。（冰心译）（worth sth.：与……等值的）

Your seeking after that feather is life with winged feet[①]; nay, it is life itself.

There are only two elements here, beauty and truth; beauty in the hearts of lovers, and truth in the arms of the tillers[②] of the soil.

Great beauty captures me, but a beauty still greater frees me even from itself.

Beauty shines brighter in the heart of him who longs for it than in the eyes of him who sees it.

I admire him who reveals his mind to me; I honour him who unveils his dreams. But why am I shy, and even a little ashamed before him who serves me?

The gifted[③] were once proud in serving princes.
Now they claim honour in serving paupers[④].

The angels know that too many practical men eat their bread with the sweat of the dreamer's brow.

Wit is often a mask. If you could tear it you would find either a genius[⑤] irritated[⑥] or cleverness juggling[⑦].

The understanding attributes to me understanding and the dull,

---

① winged feet：长了翅膀的双脚
② tiller：农夫，耕作者
③ gifted：有天赋的，有禀赋的
④ pauper：贫民，穷人
⑤ genius：天才；天赋
⑥ irritate：使愤怒，使生气
⑦ juggle：耍弄；篡改

dullness.[1] I think they are both right.

Only those with secrets in their hearts could divine[2] the secrets in our hearts.

He who would share your pleasure but not your pain shall lose the key to one of the seven gates of Paradise[3].

Yes, there is a Nirvana[4]; it is in leading your sheep to a green pasture, and in putting your child to sleep, and in writing the last line of your poem.

We choose our joys and our sorrows long before we experience them.

Sadness is but a wall between two gardens.

When either your joy or your sorrow becomes great the world becomes small.

Desire is half of life; indifference is half of death.[5]

The bitterest thing in our today's sorrow is the memory of our yesterday's joy.

---

① 完整的句子应该是 The understanding attributes to me understanding and the dull attributes to dullness. 参考译文：颖悟者谓我颖悟，愚钝者谓我愚钝。（钱满素译）

② divine：发现；预言

③ the seven gates of Paradise：西方传说中的善良之地有七重天堂，故第七重天是至善之地。第一天称为 Shiamaim，由加百列掌管。第二天称为 Akira，是大天使拉斐尔的领地，部分受惩天使的禁闭所亦设于此。第三天称为 Sagoon 或 Shehkim，支配天使为权天使 Anael。在伊斯兰教中，死亡天使 Azrael 领有此一天界。第四天称为 Zeble 或者 Mahanon，由大天使米迦勒支配。第五天称为 Mahon，此天之北部为荒凉废墟，设有天使的牢狱，南方则是舒适宜人。第六天称为 Zebel 或者 Maccon，天使学习智识的所在，智天使的大本营。第七天称为 Arabot，神的御座设立于此，诸天使环绕飞行，为充满荣光的所在。

④ Nirvana：天堂；涅槃

⑤ 参考译文：欲望是半个生命，冷漠是半个死亡。（钱满素译）

They say to me, "You must needs choose between the pleasures of this world[①] and the peace of the next world[②]."

And I say to them, "I have chosen both the delights of this world and the peace of the next. For I know in my heart that the Supreme Poet wrote but one poem, and it scans perfectly, and it also rhymes perfectly."

Faith is an oasis[③] in the heart which will never be reached by the caravan[④] of thinking.

When you reach your height you shall desire but only for desire; and you shall hunger, for hunger; and you shall thirst for greater thirst.

If you reveal your secrets to the wind you should not blame the wind for revealing them to the trees.

The flowers of spring are winter's dreams related at the breakfast table of the angels.

Said a skunk[⑤] to a tube-rose[⑥], "See how swiftly[⑦] I run, while you cannot walk nor even creep."

Said the tube-rose to the skunk, "Oh, most noble swift runner, please run swiftly!"

Turtles can tell more about roads than hares.

---

① this world：现世
② next world：来世
③ oasis：绿洲
④ caravan：商队；旅行队
⑤ skunk：臭鼬
⑥ tube-rose：晚香玉（多年生草本植物，高可达 1 米，7~9 月开花，原产墨西哥。）
⑦ swiftly：迅速地；敏捷地

Strange that creatures without backbones have the hardest shells.

The most talkative is the least intelligent, and there is hardly a difference between an orator and an auctioneer①.

Be grateful that you do not have to live down the renown of a father nor the wealth of an uncle.②

But above all be grateful that no one will have to live down either your renown or your wealth.

Only when a juggler misses catching his ball does he appeal to me.

The envious praises me unknowingly③.

Long were you a dream in your mother's sleep, and then she woke to give you birth.

The germ④ of the race is in your mother's longing.

My father and mother desired a child and they begot me.

And I wanted a mother and a father and I begot night and the sea.

Some of our children are our justifications⑤ and some are but our regrets.

---

① auctioneer：拍卖者，拍卖人

② 参考译文：你应该感激，因为你不必以自己的行为去洗清父亲的名声或叔伯的财产。（钱满素译）（live down：通过行动使人们原谅）

③ unknowingly：不知不觉地

④ germ：种子；根源

⑤ justification：辩护；释罪

When night comes and you too are dark[①], lie down and be dark with a will[②].

And when morning comes and you are still dark stand up and say to the day with a will, "I am still dark."

It is stupid to play a role with the night and the day[③].

They would both laugh at you.

The mountain veiled in mist is not a hill; an oak tree in the rain is not a weeping willow.

Behold here is a paradox[④]; the deep and the high are nearer to one another than the mid-level to either.[⑤]

When I stood a clear mirror before you, you gazed into me and saw your image.

Then you said, "I love you."

But in truth you loved yourself in me.

When you enjoy loving your neighbour it ceases to be a virtue.

Love which is not always springing[⑥] is always dying.

You cannot have youth and the knowledge of it[⑦] at the same time.

For youth is too busy living to know, and knowledge is too busy seeking itself to live.

---

① dark：闷闷不乐的，郁闷的

② with a will：坚决地；努力地

③ play a role with the night and the day：和黑夜白天同步

④ paradox：悖论，自相矛盾的话

⑤ 参考译文：深与高之间的距离短于从中间到两极的距离。（钱满素译）

⑥ spring：涌动，涌出

⑦ the knowledge of it：对青春的知识

You may sit at your window watching the passers-by. And watching you may see a nun[①] walking toward your right hand, and a prostitute[②] toward your left hand.

And you may say in your innocence[③], "How noble is the one and how ignoble[④] is the other."

But should you close your eyes and listen awhile[⑤] you would hear a voice whispering in the ether, "One seeks me in prayer[⑥], and the other in pain. And in the spirit[⑦] of each there is a bower[⑧] for my spirit."

Once every hundred years Jesus of Nazareth[⑨] meets Jesus of the Christian[⑩] in a garden among the hills of Lebanon[⑪]. And they talk long; and each time Jesus of Nazareth goes away saying to Jesus of the Christian, "My friend, I fear we shall never, never agree."

May God feed the over-abundant[⑫]!

A great man has two hearts; one bleeds and the other forbears[⑬].

Should one tell a lie which does not hurt you nor anyone else, why not say in your heart that the house of his facts is too small for his fancies, and he had to leave it for larger space?

Behind every closed door is a mystery sealed with seven seals[⑭].

---

① nun：修女，尼姑
② prostitute：妓女，娼妓
③ innocence：天真；无知
④ ignoble：卑鄙的；卑贱的
⑤ awhile：片刻，一会儿
⑥ prayer：祈祷，祷告
⑦ spirit：灵魂
⑧ bower：庇荫处，凉亭
⑨ Nazareth：拿撒勒（巴勒斯坦北部的一小城，相传为耶稣的故乡）
⑩ Jesus of the Christian：基督徒的耶稣
⑪ Lebanon：黎巴嫩
⑫ over-abundant：太充足的，过多的
⑬ forbear：克制，忍耐
⑭ seal：封条

Waiting is the hoofs[①] of time.

What if trouble should be a new window in the Eastern wall of your house?

You may forget the one with whom you have laughed, but never the one with whom you have wept.

There must be something strangely sacred[②] in salt. It is in our tears and in the sea.

Our God in His gracious thirst will drink us all, the dewdrop[③] and the tear.

You are but a fragment of your giant self, a mouth that seeks bread, and a blind hand that holds the cup for a thirsty mouth.

If you would rise but a cubit[④] above race and country and self you would indeed become godlike[⑤].

If I were you I would not find fault with[⑥] the sea at low tide.

It is a good ship and our Captain is able; it is only your stomach that is in disorder.

What we long for and cannot attain is dearer than what we have already attained.

---

① hoof：蹄
② sacred：神圣的；不可侵犯的
③ dewdrop：露珠
④ cubit：腕尺（古时的长度计量单位）
⑤ godlike：似神的，庄严的
⑥ find fault with：吹毛求疵

Should you sit upon a cloud you would not see the boundary line[1] between one country and another, nor the boundary stone between a farm and a farm.

It is a pity you cannot sit upon a cloud.

Seven centuries ago seven white doves rose from a deep valley flying to the snow-white summit of the mountain. One of the seven men who watched the flight said, "I see a black spot[2] on the wing of the seventh dove."

Today the people in that valley tell of seven black doves who flew to the summit of the snowy mountain.

In the autumn I gathered all my sorrows and buried them in my garden.

And when April returned and spring came to wed[3] the earth, there grew in my garden beautiful flowers unlike all other flowers.

And my neighbours came to behold them, and they all said to me, "When autumn comes again, at seeding time, will you not give us of the seeds of these flowers that we may have them in our gardens?"

It is indeed misery if I stretch an empty hand to men and receive nothing; but it is hopelessness if I stretch a full hand and find none to receive.

I long for eternity because there I shall meet my unwritten poems and my unpainted pictures.

Art is a step from nature toward the Infinite[4].

---

① boundary line：分界线
② black spot：黑点
③ wed：成婚，结婚
④ infinite：无限，无穷

A work of art is a mist carved into an image.

Even the hands that make crowns of thorns[①] are better than idle hands.

Our most sacred tears never seek our eyes.

Every man is the descendant of every king and every slave that ever lived.

If the great-grandfather of Jesus had known what was hidden within him, would he not have stood in awe of[②] himself?

Was the love of Judas'[③] mother of her son less than the love of Mary[④] for Jesus?

There are three miracles of our Brother Jesus not yet recorded in the Book[⑤]: the first that He was a man like you and me, the second that He had a sense of humour, and the third that He knew He was a conqueror though conquered.

Crucified One[⑥], you are crucified upon my heart; and the nails that pierce your hands pierce the walls of my heart.

And tomorrow when a stranger passes by this Golgotha[⑦] he will not know that two bled here.

He will deem it the blood of one man.

---

① crowns of thorns：荆冠

② stand in awe of：敬畏

③ Judas：犹大（出卖耶稣的门徒，可喻为叛徒）

④ Mary：指圣母玛利亚。

⑤ the Book：指《圣经》。

⑥ Crucified One：钉在十字架的人（指耶稣）

⑦ Golgotha：各各他（耶稣被钉死的地方，后比喻受难所、殉教处）

You may have heard of the Blessed Mountain.

It is the highest mountain in our world.

Should you reach the summit you would have only one desire, and that to descend and be with those who dwell in the deepest valley.

That is why it is called the Blessed Mountain.

Every thought I have imprisoned in expression I must free by my deeds.[①]

① 参考译义：我用语言囚禁的每一个思想，我都要用自己的行为去解放它。（钱满素译）